ちくま文庫

# わが推理小説零年

山田風太郎



筑摩書房

# わが推理小説零年＊目次

## I

II

## 自作の周辺

## Ⅳ　風眼帖

# わが推理小説零年

# Ⅰ

# 探偵小説の神よ

# わが推理小説零年——昭和二十二年の日記から

私が推理小説を書き出した前後の思い出とか当時の推理小説の読書などについて随筆を書けといわれたので、いろいろ考えたが、回顧にまぬがれがたい幻想をぬぐうために、そのころ——昭和二十二年の日記をとり出して、その中から右の注文に叶いそうな部分だけ抜萃してお目にかけることにした。ただしこういうものが当人以外に、一般読者にどれほど意味があるかどうか疑わしいのだが。なおこの部分だけとり出すと甚だのんきな日々のようだが、むろんそれをめぐる環境は、戦争中につづき、それにまさる饑餓の嵐が吹きすさみつづけている時代であった。

昭和二十二年一月十一日（土）雨

○午後、町の書店より「宝石」十二月号求め来る。八円なり。懸賞小説当選作発表あり。江戸川乱歩氏の「所感」によれば、五百余篇の応募作中百篇余を下選びし、さらに二十余篇を選び出し（余の「雪女」はこの中に入る）さらにまた七篇を決定せるものなりと。

わが二篇に対する江戸川氏の評左のごとし。

「「達磨峠の事件」は従来からある型であるが本格的探偵小説として水準に達した作である。地味な作風であるがよく纏《まとま》っていて、どこか大阪圭吉を思わせる所がある。「雪女」は鏡花の影響の濃厚な怪談で、私はこの作あるが故に達磨峠も最初より高く評価する気になったほどである。単に小説としては達磨峠よりもこの方を採る読者もあるかと思う」

水谷準氏の評左の如し。

「「雪女」もなかなか渋いものだが、僕は断然達磨峠を採る。この作は組立は簡単だが、恰《あたか》もチェスタトンのような細かい人間観察が行届いていて、その点危なげのない作家生活が送れることを保証する」

わが作ではそうでもないが、ほかの人の作品評を読んでいると、江戸川氏と水谷氏の評が正反対のものも少なくない。いかに他からの評がたとえ大家のものといえども気にするに当らぬかということがわかる。

（注）この年「宝石」の新年号に私の推理小説処女作「達磨峠の事件」が掲載されたのだが、当選したのが不思議なほどの凡作で、私は自分の単行本にこの作を一度も入れたことがない、とさえ近年まで思い込んでいたほどである。

一月十八日（土）晴

○暖かし。午前十一時地下鉄にて室町四ノ三川口屋ビル岩谷書店にゆく。土曜会はじまるまで編集室にて岩谷満氏、武田武彦氏と話しつつ、「宝石」創刊号よりの横溝正史氏の「本陣殺人事件」を通読す。きょうの土曜会はこの作の合評会なればなり。

午後一時より土曜会。余ははじめて出席するものなれど第八回目なる由。乱歩氏をはじめ、徳川夢声、大下宇陀児《うだる》、水谷準、渡辺啓助、延原《のぶはら》謙各氏らその他探偵小説愛好者二十人余。

乱歩や夢声を眼前に見たのははじめてなり。乱歩は親しく相並びて余らに語りかつ聴く。余が学生なるは意外なりしものの如し。

夢声二時間余りもしゃべる。ユーモア探偵小説草分け（？）論その他、その教養には感服のほかなし。

「本陣殺人事件」合評会。機械的トリックの不自然、事件をめぐる人々の心理の不自然etcの難点なしとせざるも、とにかく日本にはじめて現われたる野心的本格作品なりとの結論一致す。みなの余りのうるささに、

「探偵小説なんて書くもんじゃないなあ！」

大下氏嘆声をあげみな哄笑。探偵小説の鬼ともいうべき人々の醸し出す雰囲気にあてられて、いささかぼうっとなる。夕解散。

（注）大乱歩にはじめて逢ったというのに、殊更の感慨は書いてない。乱歩先生の偉大さに対する認識はこのあと徐々にその人に触れるに従って増大していったのである。

なお、土曜会への案内状は一々すべて乱歩先生の手書きであった。

一月二十七日（月）曇

○午前十一時、日本橋岩谷書店にゆく。当選者余の他に四人。「犯罪の場」の飛鳥氏、「オラン・ペンデク」の香山氏、「殺人演出」の島田氏、「砥石《といし》」の岩田氏らすでに待ちあり。

暫くして江戸川氏、城氏、岩谷満氏ら来。うちつれて茅場町なる料亭「竹や」にゆ

く。鉄板焼、トンカツをつつきつつ、探偵小説雑談。要するに岩谷書店が新人育成に後々まで努力することを告げんとする会なり。酒禁じられありとて土瓶、茶碗にて茶のごとき顔して酒を出し、飯禁じられありとておはぎを出すというトリック的宴会なりき。三時ごろ解散。

(注) 当時これだけの親切をいとわれなかった関係者の方々に改めて感謝の意を表せざるを得ない。

一月二十九日(水)曇

○本月、米五日まで配給せられ、その後小麦粉八日分配給せられ、爾来配給杜絶す。この五日来大根の煮たるばかり食いおるに、大根の姿見たるだけにて嘔吐を催おしそうになる。昼新宿の露店にて一皿五円の芋を喰う。

○新宿東横にてデュヴィヴィエの「にんじん」を観る。さすがのデュヴィヴィエも原作に及ばざること遠し。ただし名画の一たるに相違なし。

されどこの劇場、椅子なければみな総立ちにて観るなり。観衆右に雪崩れ左に崩れ前によろめき後に波打ち、にんじんも蜂の頭もあったものにあらず、腹立たしくまた可笑しくて涙が出る。

（注）見本として出した。こういう時代だったのである。

二月一日（土）晴

○午後一時日本橋川口屋ビル二階会議室における土曜会に出る。

三井物産社員として昨年帰国するまで八年欧州に駐在せる吉良運平氏の話。独伊ともに大戦中探偵小説の弾圧なかりしこと。大戦中の間諜戦の話等。

途中インバネス姿の木村義雄名人来り、ベランメエ調にて将棋と探偵小説の話大声にてしゃべりまくる。「ずいぶんムリな探偵小説があるねえ！」と満座を笑わす。すこぶる闊達なる人なり。

近ごろ世を騒がしたる妖教爾光尊とその使徒双葉山と呉清源の話出で、みな双葉山と呉清源の純情なるを認め同情的なるに、木々高太郎氏吐き出すごとく、「彼らの行為は毫も同情に値せず、ただその教養の低きを示すのみ。相撲界囲碁界における第一人者たるの自惚が他の方面に於ても不可能事なしとの妄想を喚びたるに過ぎざるのみ」という。五時ごろ解散。

二月二十日（木）晴

○渋谷キャピタル劇場にて「断崖」つづいて銀星座にて「南部の人」を観る。前者は近年米国にて流行せりといわれるスリラー映画の代表作にて、監督ヒッチコック、恐怖心理を描いて真に迫る。しかるにこれを「南部の人」にくらべて観後の印象稀薄なること幾ばくぞ。「南部の人」は米国南部の農民の苦闘を詩情たたえて活写せるもの、ここにおいて余思えらく、スリラーの限界はここまでなりと。

二月二十一日（金）晴
○十二日夜遅く、学校のガラス運びてより風邪心地。夕、微熱、咳嗽、洟水出づ。
○コナン・ドイルの「赤髪組合」「鼻の曲った男」「まだらの紐」など読む。
（注）私は、探偵小説が当選してからシャーロック・ホームズを読み出したらしい。

三月八日（土）晴
○ひる京橋第一相互ビル旧館七階東洋軒の土曜会に出席。学期試験迫れるにわれも御苦労な男なり。
江戸川、木々、大下、城、渡辺氏らをはじめ会員四十人余、一高教授英文学島田謹二氏のポー、主として黄金虫に関する話。

氏によればポー本来のかつ最もすぐれたるは、リジア、アッシャー家ｅｔｃの作品にして黄金虫は遥かに劣る。マリイ・ロージェやモルグ街はさらに劣れりと。

三月二十二日（土）快晴
○まさに快晴碧天ひかる。
水谷準氏より速達来る。氏は大仏次郎氏主催の「苦楽」の編集顧問の由。ついては四月五日までに四十枚の短篇書いて見る気なきやと。
目下学期試験中なれば到底小説書ける状態にあらずと返事出す。ここ当分小説の妄想と試験の強迫観念に悩まされるおそれ大なり。

三月二十八日（金）曇
○昨日試験終り、「眼中の悪魔」書きはじむ。
（注）この作品と「虚像淫楽」によって、私は第二回探偵作家クラブ賞（現在の「推理作家協会賞」）を受賞することになる。

四月三日（木）晴

○「眼中の悪魔」八十余枚に達す。これでは枚数の点でも到底だめだと水谷氏に手紙書く。

五月二十一日（水）曇
○遅配またはじまる。家に残れる食糧玉蜀黍の粉五合、グリンピース二升。朝グリンピース一椀を喰って登校するに眼くらまんとす。
貧しき青年が身の不幸を呪い世の不公平に怒るはバルザックをはじめ無数の小説家の活写せるところ、余は別に呪ったところで怒ったところでどうにもならず、また世はこんなものだと思いおるゆえ別に脳神経は昂奮せしめざるも、ただ腹のへるのは如何《いかん》せん。

五月二十七日（火）曇
○学校図書室で午前中蔵田と推理小説の話をする。帰途、新宿東宝七階セントラル劇場でヒッチコックの「疑惑の影」を観る。これに比して日本のスリラー映画、いかにひいき目に見んと欲するも天地懸絶、月とスッポン。
○栄養不良で身体の調子狂いしか少し頭痛し。グリンピースばかり食べて生きているのだから、昔の乞食にも劣るだろう。生活のことはあんまり憂鬱で馬鹿馬鹿しくて日記に書く気もしないが、一寸これくらいの惨澹たる生活は昔のエライ人の刻苦の青春にもザラにはなかったろうと思われる。こうなると生きているだけが大手柄で、医者になろうの小説を書こうのはゼイタクの沙汰、ようやくひとさまのキビに附しているだけで大したものであるとは思えど、それがだれもそう認めてはくれんから世間は面白い。

世間は条件を見ない。結果だけを見る。

(注) これら当時の日々の見本。

五月三十日（金）晴

○五日分配給。殆ど十日ぶりに米の飯をくらう。

○クリスチー「アクロイド殺し」読。

一杯喰わされた！　というのは普通小説の場合あまり高尚な趣向ではないが、推理小説においてはこれこそが本領というべきものである。その一杯喰わし方の巧拙が問題になるので、今まで読んだ推理小説の大半が子供だましのものであった。

この『アクロイド殺し』の一杯喰わし方、あっといったきりまさに二の句が出ない。

これほど徹底的に小説の作法、読者の常識を踏みにじってペテンにかけて、ニッコリしている作者が女性であると思うとき、われ知らず讃嘆の叫びをあげずにはいられない。

六月十日（火）晴

○学校にて法医学教室にゆき、浅田教授と話す。小浅田博士、先日乱歩氏と会った由。八月中に土曜会に出席する約束をしたりと。小笛事件について話すつもりだというから、それは先日古畑教授が話したといったら、それは困った、材料がなくなったと悲鳴をあげらる。乱歩氏との対話中小生の話が出て、「才能もあるし文章力もあるから将来見込みはある。もっともまだ各雑誌ヒッパリダコというところまではいかんですがね」と乱歩氏大笑せる由。

七月二日（水）晴

○横浜戸塚和泉町の安西宅にゆき、ジャガ芋、玉葱、大根、キャベツなどもらい、リュックでかついで帰る。

○ロックに出す予定の「みささぎ盗賊」書き出す。

七月十九日（土）晴

○午後京橋相互ビル東洋軒にて土曜会。浅田教授やはり小笛事件について。法医学者の馬鹿？　の一つ憶え的事件というべきか。

水谷準氏より話。「眼中の悪魔」面白いが八十枚では長過ぎる、五十枚に縮められぬかと。

七月二十一日（月）晴

○新橋の日吉ビル二階苦楽社へゆく。なかなか日吉ビルが分らず、暑熱の町を一時間余りもウロつく。

印刷組合の賃金値上げのデモ行進がプラカードをかかげ赤旗ふりつつ、あわれな声で労働歌をふりしぼってトボトボと歩いてゆく。炎天の下の、ボロボロの服、指のはみ出した靴、痩せて餓鬼のような顔、顔、顔。——その前後に米軍M・Pの白いジープがぴったりくっついている。

日吉ビルを探しあてたが水谷氏まだ来ぬという。また暑い盛りの町へ出て、氷水のんだり、ターザンの逆襲の看板を見たり、露店をのぞいたり一時間ばかり過し、日吉ビルへいって見るとまだ来ないという。新橋駅へいって姓名判断の易者の長広舌を一時間聞いて、三時ごろビルにゆくと、こんどは来ていた。

水谷氏、「苦楽」の編集長と近くの喫茶店へゆきコーヒーのみつつ「眼中の悪魔」圧縮出来ざるやという話。

水谷氏、胸をたたいて咳をするたびにここが痛むのだが何だろうと訊く。こちらは、さあそれは色々あるでしょう、と頼りない返事をする。

○江戸川乱歩「鬼の言葉」を読む。

(注) 水谷氏にこれだけいわれながら、圧縮作業ついに成らず、この作品は原型のまま翌年の「宝石」にのることになる。

八月二十一日(木)晴

○近くの古本屋で昭和初年の「グロテスク」という雑誌を百円の保証金で借りて来る。

山田と名を告げるに古本屋のおばさん「山田さんてこの裏の山田さんですか」という。そうだというと、「スマ子の恋はどうなってますか」と、ヘンなことをいう。ははあ今上映中の松竹の田中絹代の「女優須磨子の恋」のことならんと考え、「あれは今やってるでしょう」というに、「いや、東宝のですよ」という。山田五十鈴がやはり須磨子映画を撮影中であると一寸耳にはさんだことがある。ああのことかと思い当って「うん、あれなら今作ってるでしょう」と答えてスタスタ店を出た。おばさんはキョトンとして見送っている。

突然この近所に山田五十鈴が住んでいることを思い出し、さてはオレを山田五十鈴の弟か何かとまちがえたにちがいないと考え、失笑した。山田五十鈴の弟？　にまちがえられたのは生まれてはじめてである。

○シメノン「モンパルナスの夜」読。

八月二十三日（土）晴

○京橋東洋軒にて土曜会、新顔戸川貞雄氏、葛山二郎氏。

坂口安吾来り「日本小説」に推理長篇をいま書いているから、犯人を当てた人には最終回稿料をやる。しかし当らんだろうと威張る。本日の話は正岡容氏と春風亭小柳枝師の犯罪落語。腰かけて落語はやれないと見え、テーブルの上に坐ってやる。

○古本屋より新青年昭和四年十二月号を借りて来る。偶然葛山二郎の「赤いペンキを買った女」がのっている。なるほど秀作なり。
(注) いうまでもなく坂口氏の作品は「不連続殺人事件」であった。

九月二十七日（土）晴
○午後二時より東洋軒にて土曜会。乱歩氏の「最近の欧米探偵小説の現状について」
七階の窓から見える碧い空、流れ雲、かすむ東京の町、けむり。――高い空で地上の物音を聞くほどもの哀しい気分になることはない。
列席の顔を見渡しながらこんなことを考えた。人間の顔はいかなる顔でもつらつら眺めればいずれも猿を彷彿せざるはないが、なかんずく木々高太郎先生の顔はそれに近いと。

十月二日（木）晴
○新米五日分はじめて配給。
○「ロック」九月号送来。来月の予告に「みささぎ盗賊」が出ている。これで公けの雑誌にのせてもらうのが「達磨峠」についで二作目。

ただし、中学時代「受験旬報」に掲載されたものを加えれば十作目。その前にたしか昭和十五年一月号か二月号かに「映画ファン」に「中学生と映画」という小論がのったことがある。あれが山田風太郎という名を使った第一号であった。もう一度見たいけれど、雑誌はもうないだろう。

十月二十一日（火）曇

○正午より有楽毎日ホールで開かれた「講演と探偵劇の会」を見にゆく。ひるまでサツマ芋の配給があったので遅くなり、ついたのは十二時半で、乱歩先生が舞台正面に垂れ下がった物故作家十二名の名前を墨で書いた白紙をさして一々説明しているところであった。

その前に「探偵作家クラブ」「サンデー毎日」「宝石」「ロック」「ぷろふいる」「新探偵小説」「とっぷ」「黒猫」等より贈られた花環が並んでいる。

招待席はまだ前の方に二十人ほど来ているばかりだが、一般席の方は七分通り埋まっている。入場料は二十円で、普通の芝居の八十円百円より安いが、それでもこんなところにわざわざ上って来るのは探偵小説によほどの興味を持っている連中にちがいない。

水谷準氏の司会で講演がはじまる。

まず大下宇陀児氏の「探偵小説と現実の犯罪」現実の犯罪が探偵小説の材料とはなりにくいゆえん。ただし探偵小説もリアリズムを重んずるようになり、現実の中に鍬を打ちこんでゆくのが将来の探偵小説の唯一の活路なること。

つづいて乱歩氏の「英米推理小説の現状」大体この前の土曜会で話したと同じ。日本では本格物の黄金時代というものがなかった。変格必ずしも排斥すべきではないが、一度は本格的時代を迎えたい。謎と推理の面白さを失ったら、他にいかなる長所があっても探偵小説としての意義はないという。同感である。

ついで森下雨村氏の「日本探偵小説発達史」新青年創業時代短篇しか採らなかったのが、現在までの日本探偵小説に長篇の名作の乏しい根源をなしたかも知れないという。

次にJ・M・Aの長谷川智氏の奇術と種あかし、観衆大いに笑う。

最後に城昌幸作「月光殺人事件」配役は江戸川、木々、大下、延原、渡辺、角田、城、守友各氏、ほかに毎日の古波蔵保好、徳川夢声、文学座の新田瑛子、文野朋子etc。

夢声と女優二人、さすがに冗談半分にやっていても他の面々とくらべると、雲泥はおろか宇宙の果と地獄ほどもちがう。

大下先生どう見ても警部補というガラではない。何々一家の親分か闇屋の親方だ、と同伴の蔵田に話していたら、前の席の婦人が腹を抱えて笑っていた。

四時半ごろ終る。

(注) 後に知ったのだが、この御婦人は大下夫人であった。

十一月九日（日）雨

○「宝石」の前々号に丹羽文雄が「探偵小説は殺人を扱わなければ探偵小説ではないという常識を打破せよ」という意味のことを書いていた。今月号に林房雄が「探偵小説は正義の勝利を信条として書け」といっている。いずれも愚論である。

探偵小説の真髄は殺人にもなければ勧善懲悪にもない。謎と論理にある。トリックと推理にある。むろん材料は殺人でなくても何でもいい。だからげんに宝探し、暗号、誘拐といろいろある。ただ殺人が最も劇的であり緊迫感があるからこれを扱うことが多いだけである。

殺人云々は単なる材料の問題で本質的な問題ではない。論理、トリック、謎、推理の新しい方式の発見こそが重大で、殺人云々などいじくって見ても新風は生じない。

また探偵対犯人は論理対謎、推理対トリックの具象物であって、正義が勝利を占めようが悪が一杯くわせて哄笑しようが、そんなことはどうでもよろしいのである。

十二月十一日（木）晴

○学校図書室に籠り「虚像淫楽」書きはじめる。「旬刊ニュース」コンクール参加作品。心理のみの推理小説たらしめんとす。

十二月十六日（火）曇

○寒い。肉も骨も内臓も灰色に凍ってしまいそうな寒さである。

大映の招待によって京王多摩川の撮影所に横溝正史原作「蝶々殺人事件」の映画化「蝶々失踪事件」試写会を観にゆく。

電車の中で城昌幸氏、武田武彦氏に会う。二人とも宗匠風である。下車、冬枯の野を歩き撮影所にゆく。

まだほとんど誰も来ておらず、戦争中の黒だんだらの迷彩も陰惨な巨大な建物の横の荒れたわびしい公園の中に入って、冷たい昼弁当を食う。

建物に帰ると乱歩氏、島田一男氏、古沢仁氏来てあり。女優の伊達里子が出て来て、寒くて寒くてやり切れません、一杯出るといいんですがねとこぼす。

一時半になったので、うそ寒いガランとした試写室に入って「蝶々失踪事件」を見る。殺人事件という題名はいけないというG・H・Qの命令なんだそうだ。そのくせアメリカ映画は「ウエア殺人事件」とか「ローラ殺人事件」とかどんどん入れているのである。シーン中のマダム・バタフライの歌もヘンだが、ほんものは著作権の問題でだめだという。

その他いろいろな制約がG・H・Qから与えられているらしいが、そんな制約のせいばかりでなく呆れ果てた愚作だ。原作の面白さはけし飛びされればとて映画の面白さもない。何が何だかわけがわからず、俳優の下手さかげんは天下に絶している。

試写会が終って、菊池寛の写真のかかった応接間にゆき、撮影所次長、監督、脚本家、俳優らと合評会。

電気制限のため朝八時から夕四時までしか撮影が出来ず、徹夜などやるとその分昼間の時間から差引かれるという。

全然推理のみの本格物を作りたいという意欲に燃えて本社のしぶるのを強引に撮ったが、出来栄えがよくて本社も本年度第一等の作品だと折紙をつけたと次長いう。みな立派だ立派だと一生懸命ホメちぎる。これで探偵映画をあきらめられては困るのでみなオダてるのだが、正気の沙汰とは思われない。
冬枯の野――黄昏の中を、乱歩先生と話しつつ帰る。

十二月二十三日（火）晴
○昨夜松葉の下宿で忘年会。気がつくと蒲団の中にオーバーを着たまま寝せられていて、オーバーのいたるところヘドだらけ。
夕方まで寝ていて、一人でトボトボ三軒茶屋に帰る。はなやかで寂しい暮の街。
○「Yの悲劇」を読む。
一歩一歩推理を進めるたびに周囲を見回し、あらゆる可能性を考え、一つ一つ抹消していって残ったものだけを採用する。そして一歩進んでこれと同じことを繰返して物語が徐々に進行するこの手法。

にもかかわらず、このYの悲劇にガタガタするものが感じられるのはなぜだろう？

もっと抜け穴だらけの常凡《じょうぼん》の推理小説がべつにガタガタしないのに、これほど緻密周到を極めたこのYがなぜガタガタするのか？

その一因と思われるもの。

それは普通の推理小説ははじめからこっちがそのつもりで読んでいるから、手を抜いていたって意に介しない。ところがこのYは学術論文を思わせる。ところでこれは小説なのである。緻密周到にも限度がある。真に学術論文的に書いていったら、話は横へ縦へ無限に拡がり、いつまでたっても物語は進行しない。或る程度のテンポを必要とする小説の本質上それは不可能である。で、やはり一種の手抜きをやらざるを得ない。その手を抜いたところが、なまじ学術論文を思わせるやりかただけに、そこでガタガタの感が起るのではあるまいか。

（注）半月後再読したらこの奇怪なガタガタの感が消失し、初読の時より感服したことを記している。

# 小さな予定

探偵小説に触れはじめてから一年余、盲蛇におじずで、本格、怪奇、心理ものと、ゆきあたりばったり試して来たが、まだ探偵小説に対して独自の抱負など言うものはない。――これは、探偵小説に関する知識が、殆ど一般の読者と大して軒輊《けんち》しない程度であるからだろうが――しかし、これでも新人群の末席にブラ下っている以上、当番の義務は果さなくては、これも無礼である。

盲の巨象を撫でるが如し――あっちこっち、つついて見て、私にぼんやり見えて来た――ような気のする道が、二つある。今後、私の書くものの主流となるものは、この二つであろう。

第一は心理探偵小説である。

と言って、フロイド其他の深遠なる学説を応用するのではない。私自身の推量することの出来る範囲内の人間心理を——この心理だけを今迄の探偵小説に使用された物質的・機械的な謎、トリック、槓杆《こうかん》、ドンデン返し、解決——すべてに使用するのである。つまり心理の水ぐるまを廻すのである。——しかし今は駄目だ。私の人間性洞察力が極めて浅いものである上に、その極限を綱渡りして行く描写力がない。その例は「眼中の悪魔」「虚像淫楽」で御覧願った通りである。

第二は時代探偵小説である。

これは捕物ではない。また角田さんの書かれるようなものでもない。あんな大きな物語を「創造」すべく、私の歴史的知識の基盤はあんまり貧し過ぎる。従って史書、野史、等にちゃんとある事件や挿話を、単に探偵小説的に解釈したものにすぎない。これでも、勿論、史書に乏しい私は、物凄い出たらめを書く。うっかりしていると「みささぎ盗賊」の如く桃山時代に島田が悠然と出現しかねない。が、これは私がのち一人前になって（作家としての一人前という意味に非ず）——追い追い本が揃って来たら、次第に消去されてゆく醜態であろう。今だって無論許されることではないのはよく承知しているけれど……まあ、学生のアルバイト芸だと思って、諸先輩の御憫笑を頂けば私は大満足である。

抱負や理論の方が作品よりも偉大であるのは大家と雖《いえど》もほぼ免れ難きが如し。広く探偵小説に対して一個の評論を加えるほど私は「鬼」の自信はないので、ただ前田さんの依頼に困窮して、小さな私自身の予定を書くよりほかはないが、これも別段目新しい試みではないであろう。が、この予定さえも――いや、弱音はやめましょう。どうにか、うまくゆきますれば、何とぞ拍手御喝采の程を願い上げ奉るのみ。

# 旅路のはじまり――わが小型自叙伝

但馬といって、すぐに何処かピンとくる人があるかしら。兵庫県北部の山国、古来文学などとはカラキシ縁がない――ただ、志賀直哉氏の名品「城の崎にて」でこの名の町が、この分野に淡い寂しい影を落しているくらい。

その城崎という温泉のすぐ傍の町で、中学時代を過した。確か乱歩先生の「怪人二十面相」が少年倶楽部に連載されている頃のこと。

荒涼たる山の中なればこそ、「レ・ミゼラブル」や「クオ・ヴァデス」の荘大なる万丈の物語に酔い夢みていた少年――ところが、剛毅を最大のモットーとする山国の中学、その半途に日華事変が初まって、あの軍国教育の鉄鎖だ。すると突然不良中学生たらんとする悲願が湧き起り、今から考えると悪戯はなかなか探偵小説的であった。寄宿舎から夜町へ遊びに忍び出てゆくのに蒲団の中に剣道具を寝させて不在証明《アリバイ》（いや、存在証明かな?)を作ったり、映画館に入るのに裏の墓地から石塔の頭を踏台にして塀をのりこえたり、全然調べてない試験は、教場の外に待ちかまえていて窓から中の友人に用紙を一枚落して貰い、ノートと首っぴきで答案を書きあげた奴をそっとまた窓から滑りこませたり、そのスリルたるや、これはもうトリックを超越してアヴァンチュールに属するだろう——はては殺風景な寄宿舎の天井裏に秘密の小室を作ったり——これがまた実に大したものでとても「屋根裏の散歩者」どころの騒ぎではない、壁は真っ白な紙製であったけれど、畳を敷き火鉢と卓を備え花と女優のプロマイドを飾り、おまけに電線から電灯までひいて、これを「天国荘」と称し、なかで悠然とタバコのみのみデカメロンなどを耽読していたのだから、舎監にでも見つかったら心臓麻痺を起して、煮えくり返るような大騒動になったろう。(新制高校生諸君、マネしちゃいけませんヨ)

悲願の目的を達して首尾よく三回停学を喰ったけれど、それで済んだのは町の古本屋の貸本を悉く読破するという勉強ぶりに「天国荘」の守護神が微笑まれたのと、当方が頗る《すこぶ》智能犯的で常に逃げ道が作ってあったのと、仲間の秘密が見事に護られていたせいで、同志の名前までも、雲、雨、雷、風と隠語で呼んでいた位だったのだけれど——何ぞ知らん、これが後に山田風太郎の起源になろうとは。

自由を愛し、一切の束縛を憎む少年の反抗、といえば当世流だがなに本人にはもともとアブノルムなところがあったので、このころたった十円持って知人の一人もない東京へ忽然と飛び出して来て、丸ビルの下に寝、三日間アンミツばかり食って（田舎者だったから東京のアンミツに大変敬服したのである）ヘトヘトになってまた兵庫県へ逃げ帰ったことなどは少々度がはずれているようだ。現在もなお自ら分裂性性格者なりと診断している。

医者の学校を出たのは家が医者であったからで、終戦後、丁度米の代りにコンビーフなどがイヤにどっさり配給になった頃、ひとり者、これに蛆を培養した奴を蛆もまた蛋白質《アイヴァイス》なりと甚だ医学生らしい栄養学的見地からムシャムシャ頬張りながら、法医学を使って書いたのが、処女作「達磨峠の事件」。

もののハズミは恐ろしいもので爾来数十篇の作品を書いてしまった。ミイラ取りがミイラになりそうだが、これが幸か、不幸か、神のみぞ知る。さはあれ私の真の自叙伝はこれからはじまるのである。

六無斎じゃないけれど、親なく子なく妻なく金なく死にたくもない天涯の漂浪児、さて、いかなる旅路にのぼらんとする？

# ペテン小説論

会報〆切直前、酔余、この随想欄のウメ草を高木氏から頼まれた。なにしろ、新書記長就任以来、いっしょに電車にのる時は切符の買い役、雨のなかをあるくときは傘の持ち役、酔っぱらったときはズボンのぬがせ役と、さんざんコキ使っているものだから、いささか良心のトガメを感じて引き受けたのだけれど、さて、べつに大上段にふりかぶって書くほどのこともない。——ま、この暑さ、半熟の卵みたいにうだった頭に、とりとめもなく浮んでくることを字にしてごらんに入れる。

高木氏で思い出したが、去年、銀座に山田風太郎のニセモノが現れて、原稿料で家を新築したと豪語し、女の子どもをタブラかしているという事件があったそうな。あったそうな、というのは、この事件の端緒をつかみ、犯人をトッチメ、ひとりで解決してきたのは、かの名探偵神津恭介先生であって、本人の僕は、「家をシンチクし……」という話のあたりで、もはや、ふき出すどころか、「ウーム」とウナったきり、悪寒戦慄、グンニャリ、脳貧血症状を呈してきたのだから、あんまりよく知らんのである。しかし、ずいぶん望みの小さなサギ漢で、どうせ化けるなら、オレは江戸川乱歩だぞ、くらいにフケばよかろうにといったら、いや、あんまりえらいのはたちまちバレちゃうから、おまえぐらいがちょうど適当なんだといわれて、ああなるほどと感服した次第。新築とは、いくらなんでも、アンマリだけれど、そのちょうど適当なあたりで、第二、第三の山田風太郎が現われて、女の子どもをタブラかすのは甚だ光栄至極に存じたてまつるが、願わくば、上原謙級の美男であってほしいですな。しかし、高木氏はすでにこのころから、足八丁、口八丁の書記長役の資格充分、その萌芽フクイクたるものがあったというべきであろう。

ときどき手紙の宛名に、「高木彩光ドノ」と書いて、彩にあらず彬なりと抗議されるのだけれど、どうして彬光なんて島津の殿様みたいなへんなペンネームをつかうのだとたずねたら、姓名判断の結果これにきめたのだそうで、この本格派の闘将が、易だの手相だの、妙な趣味を持っているのは、それ自体が神秘である。いつか夢声氏が心霊術に対して半信半疑だと言われたけれど、僕など半信にまでゆく心理がさっぱりわからないくらい、こういうものに対してテンデ興味がなく、それどころか、若《も》し死んでも葬式で坊主に金をもうけさせるのがバカバカしいから、四つ足くくって天秤棒にでもブラ下げて、焼場にはこんでもらいたいと決心しているくらいだが、——それにも拘わらず、小説ではちょいちょい妙なことを書いている。一たん合理的に結着のついているものを、もういちどひっくり返して、恨めしやァ的なものにして、本人、うれしがっている癖がある。

思うにこれは、ひとをペテンにひっかけてやりたいという、あまり高級ならざる趣味が、天上天下のあらゆる神秘を軽蔑する僕の主義を超えているからであろう。考えてみれば、僕が探偵小説を愛好する所以《ゆえん》のものは、実はその推理性ではなく、意外性即ちペテン性であるようだ。これにも論がある。別名推理小説といわれるけれど、探偵小説中の推理なるものの多くは、単刀直入にいって、残念ながら、その材料手法過程ともにいささか子供じみているのはまぬかれない。また、その子供じみている点が面白いところなので、そうでないものは、読んでいて、正直なところ、さっぱりたのしくないのだから、——言わずもがな、この矛盾を克服するために、皆脳ミソをしぼりぬいているわけであろう。

このペテンは、水ぎわだった物凄さがなくてはならない。ヨクモヨクモこれまでだましやがった、とその徹底ぶりに、諸君に身ぶるいの快感を覚えさせるものでなくてはならない。「カラマーゾフ」は探偵小説ではないけれど、ドミートリーの殺人に対して、あそこまで大がかりに、周到に、念入りに諸君の思考をそらし、もてあそび、ひっくりかえすドストエフスキーは、その点だけでも、古往今来、恐るべき怪物である。そして探偵小説の場合、このペテンの凄味を出すためには、やはり本格物でなければなるまい。僕にとって、推理小説の目的はペテンであって、推理はそのための手段にすぎない。尤《もっと》も、同じペテンでも、高名の作者が、モノモノしい題名で書き出して、こちらが大いに期待、緊張、かしこまって読み了り、さてポンポンアラレでもくわされたように、ガッカリ、あっけらかんと口をあけるようなペテンは――これは、あんまりヒトがわるすぎますがね。

願わくば、怪男児高木ヒンコー、その絶倫の精力を凝集して、大本営発表的大ペテンを構築せよ。而して、なんじは本格派にあらずと風《フー》ちゃんに油断して、いきなり、マンマとしてやられる悔をのこすなかれ――あら――半熟の卵が、へんなところへ焦げついちゃった。

# 小説に書けない奇談——法医学と探偵小説

どんな小説にしても、その手材の渉猟に苦しまぬ作家はあるまいが、とくに探偵小説は、その価値がまず第一番に新鮮なトリック、アイデアの独創にかかっているだけに、ひとしおその悩みが大きいようだ。

探偵小説を書くうえに、法医学は必要だけれど、法医学的興味だけでは、読者をひっぱってゆくことはむずかしい。だから、その材料を、法医学の世界から見つけようとすることは、先ず徒労のことが多い。

ネタにつかえそうで、どうにもつかいかねる、無念なるその妖譚綺譚をここで少し御披露しよう。

## 不法交換の話

強姦の八割までは、十三歳までの少女である。——もっとも、これは届出のうえでの話。それ以上は泣寝入りになるらしい。

医学的には、十七、八で女性はまったく成熟の域に達したことになるが、これ以上の年では、死を以て抵抗すれば貞操はまもり得るものである。もっとも、死を以てまもるほど価値があるかどうかは、別問題。

一塊の睾丸をしめあげれば、六尺の巨漢も気絶するし、勃起《エレクチオン》したペニスは、打たれて、折れることがある。骨折という言葉はあるが、肉折《にくせつ》なンて聞いたことがないが実際にあり得るんだからしかたがない。

ただし、両腕をしばられたり、麻酔剤を嗅がされたり、催眠術をかけられたりしていると、ニクセツの秘術もつかうによしがないが。——

で、強姦された女性を法医学的に見たときまず問題になるのは、処女の場合、むろん処女膜《ヒーメン》である。

処女膜というのは、人間の女だけに見られるもので、ほかの動物には、ただモグラモチの娘にあるそうだが、これは他の部分と同じ皮膚に覆われているよしだから、むしろ処女皮《しよじよがわ》とでもいうべきであろう。どうして神様が、とくに人間とモグラモチの雌だけに、いかにも純潔を要求するがごときかかる細工をなさったのか、わからん。

人間特有といえば、小陰唇《ラビア・ミノラ》もそうで、浅田一博士の説によると、人間の女だけ小陰唇が発達したのは、交接の方法から来たのだそうである。人間の正常位の姿勢は、人間以外では鯨と類人猿とハリネズミくらいなものだそうで、このために陰挺《クリトリス》の根部を摩擦することになり、そのうえ人間は動物みたいに一定の限られた交接季があるわけじゃなし、はるかに多淫だから、だんだん陰挺《クリトリス》の根部が発達して、ついに性感にするどい小陰唇に変化して来た。その証拠に、娼婦の小陰唇は一般に長く、七面鳥のトサカのごとくブラ下がっている。いわゆる鍛冶屋の右腕がふとくなると同様、労作肥大というやつで、しかし人間の女だけに、この部が肥大しているのなんか、あんまり犬や猫に自慢出来なかろう。

さて、処女膜の話であるが、これが破れているからといって、かならずしも処女でないとはいえない。医者の診察や手術で傷つけられることもあるし、子供のころの猩《しょう》紅熱《こうねつ》とか痲疹《はしか》とかジフテリーなど炎症を起して、のちに瘢痕状となることもある。手淫《オナニー》によっては、想像されるほど破れるものではない。娘の手淫《オナニー》は、陰挺《クリトリス》や陰唇を摩擦する程度で、快美感が目的だから、痛いのを我慢してまではしない。

が、まず普通ならば、処女膜はその文字通りに解してよろしいだろう。——そのうえ、これが破られて、精液《スペルマ》の一部が膣粘膜から吸収されると、これが全身をながれる血液のなかで特異性の抗体をつくり出すから、したがってこれが脳に灌流して、ここに相手の男性の不滅の像を印することになる。——

自分は童貞でもなんでもありはしないくせに、花嫁だけには清浄を要求する我儘なる夫は——若し、右の点が不安で神経衰弱にでもなりそうだったら、やはり最初処女膜《ヒーメン》の状況を調べた方がよろしかろう。処女膜孔から、指二本がらくに入るようなら、先ず思案投首をしてさしつかえない。

ところが——いよいよ探偵小説の話だがこの処女膜が完全でありながら、妊娠することがあるのである。

海水着に射精して置かれたのを気がつかないで身につけたウィーンの或る伯爵夫人が、黒奴の子を生ませられた話や、男の夢精したパンツをはいて妊娠した女の話が日本にもある。

面白い話だが、小説にかくとなると、ちょっと、どうですかナ。

## 強姦小説

それでは、処女膜など問題にならない人妻の強姦事件など、法医学はどう見るか。

被害者で屍体となったものの多くは、大腿部の膝のあたりに、爪あとやら、皮下出血などがあるものである。すなわちこれは無理に股をひらかせようとした証拠。男性の精糸という奴は三十七度以上の温度のところでは死んでしまうので、睾丸はわざわざ腹腔から天下って、冷たい風に吹かれているのである。シワだらけなのも、熱の放散面積をできるだけ大きくしようとの目的で、なにもダテや酔狂に老人ぶった顔をしているのではない。

こうして、熱をさましさまし、精虫の生産に日夜尽瘁《じんすい》しているわけであるが、この精液という奴には血液型と一致する型があって、強姦致死の事件などでは、犯人は逃げ去っても、あとに自分の血痕と同じような証跡をのこしているわけである。

あとで被疑者が検《あ》げられて、彼の精液と比較しなければならぬとき、どうするか。他人の精液を私のですといつわって提出されると困るから、医者が被疑者の肛門から指を入れて、摂護腺を摩擦して射精させるのである。

ところで、この強姦行為について、物凄い小説がひとつ出来る。——いや、これはなにも強姦にかぎらないが、それは膣痙《ヴァギニスムス》という出来事である。

これは不熟練の性交、膣と陰茎の大きさの不調和、神経衰弱、ヒステリー、外陰部の創傷、炎症性疾患などの原因で、膣入口がはげしい痙攣性収縮を起すので、はなはだしい場合は、膣口へ指をちかづけてゆくのみで、すでに収縮をしめすことさえある。

もっとも常態《ノルマル》でも、オルガスムスに達すれば痙攣的に少し締るものだが、この膣痙みたいにはげしい疼痛は起さない。

外国の映画館で、観覧席でコイツスをやっていた男女が、突然映画が終りになってぱっと館内に電灯がともったばかりに、驚愕のあまり女が膣痙を起してしまい、場内総立ちの騒ぎとなった事件があったそうな。

これを医学的用語でいえば「捕虜陰茎《ペニス・カプチヴス》」という。日本でも例はある。

ああ、捕虜陰茎！　小説にかけば、なんとまあ愉快な題名ではありませんか！「肉体の門」などよりはるかにリアリスティックで、しかもロマンチックで――そのうえ当世はやりの、記録文学の匂いもして――ああしかし、この俘虜記をかいても、とうてい横光賞はもらえそうにありません。

## 変態性欲の話

変態性欲の問題は、法医学でも重要な分野だが、これは探偵小説でもよくつかわれる。

サジズム、マゾヒズムなどはその尤《ゆう》なるものだ。

これは自然界でも或る種の甲虫や蜘蛛にみられるのだが、しかし、屍姦という行為、死んだ女を男が犯すというこの世のものならぬ幽鬼のふるまいは、おそらく人間の世界だけに起きることであろう。生きている女よりも、冷たい、こわばった肉体の方に快感を感ずるという奴は、まさに悪鬼羅刹の申し子にちがいない。

この屍姦で、ひとつ探偵小説になり得る話がある。それは宝永四年版の『千尋日本織《ちひろやまとおり》』にあるもので、十七歳の美少女の屍体を、魔に魅入られて姦した道心が、それからふらふら病気にかかって、鼻が落ちてしまったという話で、これは黴毒《ジヒリス》が伝染したのではないかと思われる。

黴毒病原体、スピロヘータ・パルリダは患者の死亡後数日間なおよくその運動性と毒力を保ちつづけるもので、ために、黴毒患者の屍体解剖から感染したなどということは、ちょいちょい外国の文献でもみられる。映画「静かなる決闘」の主題にもなっている。だから、屍姦によっても伝染し得ることとむろんである。

が、この話を小説化して、そくそくとして鬼気みなぎる名篇とするためには、「青頭巾」をかいた上田秋成の力量を持たなくては、たんに陰惨《グルーサム》な、いやァな物語に過ぎなくなるだろう。

昭和十一年ごろ、一世の耳目を聳動させウナらせた阿部定事件——あれは、女のサジズムが男のマゾヒズムと合致して、コイッス中に相手の頸をしめているうち、つい死んでしまったので、べつに殺意はなかったのである。ペニス切りとりの凄い話はずっと古い記録にもある。

寛永時代、日本蘭館の商人頭として勤務していた和蘭陀人、フランソワ・カロンの著した「日本大王国志」という書物のなかで妻の姦通を知った或る日本武士の復讐を書いているのである。

現場を発見するや、夫はただちに妻を梯子に縛して、姦夫をどこかに連れ去った。翌日、夫は、自分と妻の親戚知人一同をまねいて盛大なる饗宴をひらいた。

客たちが、妻女の姿の見えないのをいぶかしんでたずねると、主人は落ちついて、妻は宴会の準備にいそがしく「追って出席つかまつる」と答えた。

酒宴がたけなわとなったころ、彼は妻のいましめを解いて、経帷子《きょうかたびら》を着せ、美しい蓋のついた漆塗の箱をわたし「行け、この馳走を来客にささげよ」と命じた。

妻女は半死半生のありさまで、夫の命ずるまま、客のまえにひざまずき、漆塗の箱をひらいた。なかには花を以て飾られて、寂然と密夫の陰茎が据えられていた。

一目みるやいなや、妻は失神して倒れ、主人はただちにその首をはねて微笑したというのである。厳酷なる当時の封建道徳、恐るべきサムライの面目躍如としているではありませんか？

さて、以上にのべたような話が、どうして小説のネタにつかえないか？　それは、探偵小説にかぎらず、ほかの文学ではなおさらのこと、やはり一種の気品を要する。むろん、これはお上品という意味ではない。そのひかりこそちがえ、一脈の気品の水《み》脈《お》のとおらない作品は、小説じゃない。ところが、右のごとき綺談群に、この水脈をひかせることは、なかなか以て容易なわざではないからである。

# 法螺《ほら》の吹初《ふきぞ》め

大晦日《おおみそか》の算盤《そろばん》。

去る一年の収入は、まずメートルの量をあげたこと。次に切支丹の文献を大変勉強したこと。尤も前者を収入ノ部に入れる事は普通の家計簿にはあるまいし、後者を作品化したのは、ほんの二、三篇。

これに反して支出ノ部はボー大である。本業が行方不明になってしまったのは私事に属するとしても、この一年、いい若い者がヒト殺しの工夫に死物狂いになって、胸に手をあて考えてみれば、つくづく滑稽でもあり、バカバカしくもあり――（いえサ、まッたくの話が！）――なンてすましていると、これは単に私一人の長嘆では済まなくなる。

しかし、更に考えれば、でアル。これはなにも一探偵小説に限ったことではない。

すべての文学、芸術、いやいや、人間のあらゆる仕事で、ツクヅク滑稽でなく、バカバカしくないものがあったら――どうかお目にかかりたい。大体、人間の政治、科学、宗教その他もろもろの厳粛なる努力の目的は、要するに民衆をして天下泰平裡に食欲と性欲を満足せしめることにあるのだが、その崇高なる大目的の、なんと、まあ、猿テキなことよ！　ではアリマセンカ？

ここまで考え来って、はじめて私も、やすんじて法螺を吹くことが出来るというものである。――左様、この一年、私の獲たもの、というのがあたらなければ、反対に、私の捨てようとしたもの、それは或る作風である。あの重ッ苦しい「眼中」や「虚像」。あれは筋肉の強直だ。それを力作感として愛してくれる人は多かったが、あの調子で長篇を進めると、少くとも、今の私の力では息がつづかない。もうすこし柔軟運動を試みないと、発育がわるくなる。

それから、同時にもう一つ捨てたいものがある。一体、私が今までかいて来た作品を振返ってみると、その多くは悪の讃美であり、凱歌にちかいものであった。尤もそういう小説もまんざらこの世に無意義ではなかろう。まあちょっと、毎日の新聞に、殺人強盗の記事なく全面ことごとく善事善行の美談ばかりのっていたら、と考えてごらんなさい――どんなにこの世は物足りなく、寂びしいか？　これは、人間の悪徳ぬくべからざる一例で、その不可思議なる人間性を満足させるという意味に於て――おッとッと、いや、こういう悲劇的な思想を捨てたいという話。滑稽なこの世に、そうもったいぶった沈痛な顔をして考えこむより、蒼い明るい天を仰いで、空想の翼で翔けまわる方が、もっと意味があるでしょう。

大体が、その「悪の凱歌」をかいた私の気持の底には、ちょうど今の日本人が自らを劣等民族と自虐してよろこぶ（?）心理と似ていたのだから。たとえ、その自嘲の裏に痛烈な涙と憤怒があるとしても、かかる倒錯的心情には、お互いにもうそろそろおさらばしたいじゃありませんか。

かくて一九五〇年、この年には私は波瀾万丈の長篇をかく――少くとも、はじめるつもりである。実は三十歳になるまでに長篇十かくつもりだが、さしあたって先ず三篇。恋あり、闘いあり、秘宝あり……尤も、今は題は未定のお帰りというところ。――

ただし、柔軟になるということは、駄作をつくるという意味では、むろんない。――私はもともと生来そうアクのつよい性格ではないから、逆に無理なくらい執拗に食いさがろうと努力したこともあったが、今年から「軽み」に努力してみたい。そう思うだけのことである。

# 双頭人の言葉　I

わたしは、あの羅馬《ローマ》神話で、天の門に立ち、両面に顔をそなえて前と後の道を見ている怪物ヤーヌスの末裔、双頭の人でございます。ただし先祖とことなり、末世のゆえか、地上の小さな井戸の哀れな番人にしかすぎませぬ。どうかしがないわたしの願いをおかなえ下さいまし。

どうかわたしをあまりに芸術家的にして下さいますな。なぜなら、彫心鏤骨《ちょうしんるこつ》、一字三礼の精進に沈没いたし過ぎましては、この物凄い娑婆に、結局他人様のモーカルのが気になって気になってしかたがなくなるからでございます。

どうかまたあまりに政治家的にして下さいますな。なぜなら、大衆の悟性は正確なり、かるがゆえによく売れるものは良品なりという鉄革の盾に身をひそめますと、映画「湯の町エレジー」や「金ちゃんの競輪王」が大入満員であるという浮世の大現象が見えなくなるからでございます。

＊

たとえば右の如く、さんざん人の悪口を言って、これは批評である、批評に怒るほど貴殿は非理性的ではないと信ずる、などと安心しているほど虫のいいことはない。悪口に反応する人間の理性とは、しかく感情のはるか天界に浮かんでいるものではない。

ただし、批評して怒らせてもかまわぬではないか。怒らば怒れ、余は批評する！　かかるモーレツなる戦後派的批評は——礼儀正しくうやうやしき論争とは又別個の、珍重すべき非戦後派的壮快味がある。なぜなら、戦後派とは、非戦後派によれば、功利派の別称でもあるそうだからである。——されば、原態勢にもどって、無用のにくまれ口、以上で終り。

＊

特別の作家をのぞいては、理論をまず作って、それによって小説をつくるなどということはできるものではあるまい。何々論、何々説の大半は、作家が天性とか教育とかによって、いつのまにやら作りあげた自己の作風を基準として、それを裏づけするためにあとで作り出したものが多い。ただし、繰返していうが、例外は認める。

ゆえに、その由って来る淵源たるや、池田蔵相の任務とちがって、遠くして且重《かつ》いのだから、文学的論争は、相手を論破するというような野望は断じて持つべからず。論争そのものを、読者とともにたのしむ気ですすめるを、大人、最高の趣味というべきか。

＊

ふつうの生活に於てもそうであるが、特に小説など書いていると、いろいろ批判されることが少くないので、人が己を理解しないと感ずることがいっそう痛切に多い。とくに論争などやっている人々は、おたがいに、いよいよ如実にこのことを感じられるであろう。

しかし理解されないといって寂しがるのは、ゼイタクの骨頂であって、これこそ神が人間相互の間に施された最も嘆賞すべき美しき無形の垣ではあるまいか。

なぜなら、人間はいかなる小人といえども、なんらかの意味でウヌボレを持たない者はなく、自惚あればこそ人間は生きてゆけるといってもさしつかえない。自惚と自信とは、本人にとって同一不可分のものだからである。そしてウヌボレとは、「人が己を理解しない」という前提の上に立つ思想ではないか。

＊

探偵小説の面白味は、「作り物」の面白さであって、「作り物」の面白さを解しない人は、探偵小説の愛読者たるの資格がない、とはよく鬼のいう言葉である。これは、たしかにそうである。

しかし――「作り物」の至れるものは「作り物」という事を読者に思わせない、すなわち、読者に「作り物」の感じを起させないものが「作り物」の最高の形式であるということは、原則的に承知しておく必要がある。なぜなら、わたし達は「作り物」を偏愛し、こだわるあまりに、そういう感じを起させなければ、すぐれた探偵小説ではないと考えがちだからである。

＊

探偵小説は、或る意味で、異常を主眼とする物語と言ってもよいであろう。この異常は、しかし、人間の智慧と情感と意志の範囲内で構築さるべきである。ところが、わたし達はひたすら異常をねらうあまりに、この範囲から外へ——独断の世界へとび出して自分では気がつかないという傾向がありはしないだろうか。かくて推理小説にして恋愛小説よりもいっそう非論理的なりというそしりを受けることになる。わたし達は、あくまでこの範囲内でトンネルを掘ることに努めなくてはなるまい。

# 双頭人の言葉　II

探偵小説は麻雀に似ている。これは、あそびの一種である。ただ賭けることにより現実と接触すれば、興味は白熱する。この現実と接触するということは、探偵小説の場合、文学的であることである。

＊

探偵小説の本家争いで、このごろ少々うるさいことになったが、まず今までのカテゴリーに容れられていたものとして、本格物、怪奇物、異常心理物、冒険物、ユーモア物、科学物と、いろいろと一応やってみて、いずれも容易なものではないことはわかったが、なかんずくわたしに最もむずかしいという結論を得させたのは怪談である。怪談というものは、理に落ちては恐くない。しかし、わたし達が或る怪談を着想するときはほとんど必然的にその合理的解決なるものがその話にくッついてくる。牡丹灯籠の近代的解釈として、一つの密室殺人を考えるといったぐあいである。結果として、サッパリ恐くないということになる。

怪談は、やはり徹頭徹尾、荒唐無稽なものでなくてはならない。荒唐無稽の世界を描いて、読者をして一種の雰囲気にひきずりこむには、天才的文章力を必要とする。たとえば、鏡花のごとし、そうでなくては、書く本人だけいい気持になって、読者は単にばかばかしがるよりほかはない。

第一、昔の人は怪談を信じたが、今の人は信じちゃいないのだから、それを敢て変てこな気持にひきずりこむのは、どれほどの文章力を必要とするか。敢て怪談にかぎらず、同様の意味で、約二千年前ほとんど同時に、キリスト、釈迦、孔子出でて、爾来これに匹敵する宗教家がでないのは、はじめ簡単に生れないからだと考えていたが、最近になって、それに匹敵する人物はたとえ生れたかもしれないが、世界が次第にそのような人にはうごかされなくなったのではないかと思いはじめた。科学の分野に於ける出藍《しゆつらん》の超人は、未来続々出現するであろうが、宗教の世界では、キリスト、釈迦のごとき巨大な影響力をそなえた人物は、もはや永遠に出得ないのではあるまいか。

話がそれたが、怪談を成功させるには、もはや単に文章のみならず、書く本人がそれを信ずる性格——すくなくとも一種病的性格の持主でなければなるまい。わたしは、精神健全なる大作家のかいた怪談で、いまだ隔靴《かっか》搔痒《そうよう》の感、ないし息切れをかんじなかったものはなく、ポーの作品の鬼気及ぶべからざる点は、ここにあると考える。

＊

小説は面白ければよいのだ！　という人がある。むろん、それはそうにきまっている。が、この面白い、という意味に問題があろう。

＊

作家はジャーナリズムに沈没する。ほとんど例外なく、ジャーナリズムの風潮に——編輯者に同化する。むろんこれもまた作者の一技倆にはちがいない。しかし——編輯者はまた儲け主義に徹底した経営者に支配されているものである。かくて「売れるもの」でなくては話にならぬということになる。売れるものとは、読者の面白いと思うもののことである。しかし、読者は創作家ではないから、その面白がるものの標準は、過去にあったものの範囲をまぬがれない。ゆえにジャーナリズムは時代の尖端をきっているもののごとく見えて、本質的には保守主義者である。この旧套を脱して、真に新しい面白さを読者の前に展開することこそ、作者の念願でなくてはならない。

＊

ポーは、「探偵小説」という、地球上にまったく新しい、面白い形式のものを発明した。かくてドイル出で、クウィーン出で、カー出で、ルブラン出でた。探偵小説万歳！

が、ポーの、これら後生の人々と比倫を絶する点は、偉大なる探偵作家ということではなく、まったく新しい形式の文学を発明したという点にある。

もはや、そういうまったく新しい、面白い形式の文学は、ほかに考えられないものであろうか。これをさぐりあてる者こそ、真にポーの精神をつぐものといえるのではあるまいか。

＊

映画のニューフェイス、はじめは新鮮美にあふれて見えるが、その俳優の出る映画を数本もみると、その顔にアキアキして、吐気をすらかんじてき、嫁にも要らんというようなヨケイな気苦労までするようになる。ところが、人間、自分の顔を毎日鏡に映しても、どこやらたしかに猿の面影をやどしているにもかかわらず、サッパリあきないから不思議千万なものである。人間の本質的な都合よさをよくあらわしている。それどころか、鏡に映して見れば見るホドに、だんだんよろしく見えてくる。すべての女、お洒落の男が、マンザラでもないとウヌ惚れてくるのはそのためである。ここに於て、お洒落だから鏡をみるのではなく、しばしば鏡をみるから、ウヌ惚れて、お洒落になってくるのだという結論に達する。わたし達は、あまり自分の過去の作品は読まない方がよいようである。

＊

アプレ・ゲールという呼称には、いろいろのニュアンスがあろうが、そのなかに一脈軽蔑のひびきがあることは何人も否定できまい。しかし、要するにこれは、「近ごろの若い者」という、陳腐なる愚痴的用語とほとんど同義語ではあるまいか。戦争があろうとあるまいと、古今をとわず洋の東西をとわず、老人達がかならずもらした、気の毒な、滑稽な挽歌である。いつの時代にも老女は、自分たちの若かりしころは、すべての乙女が聖処女のごとくであったと思い、「近ごろの娘」はすべて無軌道無節操であると考えるものである。

＊

わたしに恋愛をしろしろと、さかんにおすすめになる老先生方よ、御心配下さるな。目下、モーレツなる恋愛中でございまする。

ただし、恋愛さえしたら、天地は春光にみち、花咲き鳥歌い、ガゼン何もかもうれしくなるものだと……人間によっては、なかなかそううまくは参りませんな。念のため。

# 医学と探偵小説

九月某日、この新聞係の某君がきて私に随筆をかけという。実は私はこの五月受けるべき国家試験も恐縮して敬遠したくらいで、だんだん医者とは縁遠くなるばかり、はたしてこの新聞にかく資格があるかどうか疑わしいのだけれど、それでも母校にちがいないので、とにかく右の標題でとりとめもないことをかいて責めをふさぐことにする。

私が探偵小説をかき出したのは昭和二十二年、四年生の頃からで、はじめはアルバイトのつもりであったのが木乃伊《ミイラ》とりが木乃伊になったかたち。処女作は素直に法医学をつかったものであったから、強いていえば生みの親は浅田一先生ということになろうか。

探偵小説というのは、読者によって好悪がはっきりしているもので、実は私はかいているがマニアというほどでもない。特にアリバイだの足跡だのを複雑に組合わせた所謂本格的探偵小説は苦手で、むしろ異常心理小説とでもいうべきものが多い。

それでいて、やはり探偵小説の醍醐味は本格物にあると考えている。探偵小説とは要するに読者をペテンにひっかける小説である。そうして、そのペテンの種類は思いがけない動機とか奇妙な犯行手段とか種々あるけれど、結局真犯人の意外性ということに帰着する。死物狂いに眉につばをつけつつ読んでいってさて最後に途方もない真犯人が現われ、これはと読み返してみると、はじめからちゃんとぬけめなくデータはちりばめてある。

ああよくもこれ程念入りにだまされたものだと感服するときの一種奇妙な快感は、探偵小説の世界ベストテン、例えばクリスチーの「アクロイド殺し」とかクイーンの「Yの悲劇」などを読めばきっと納得されるのであろう。

精緻を極めた心理のからくり、論理の逆説、最も高級なる智慧の遊戯として、こういうことに興味と自信をもっている者、若し新宿東宝の五階などへゆくヒマがあったら、ひとつ考えに考えぬいて作ってごらんなさい。

しかし今の読者は人が悪くなっているから、きっと一番犯人らしくない奴を疑うものである。

犯人が被害者自身であったとか、探偵であったとか、かよわき女性、幼児、不具者、甚しきは十年も前に墓場に入った死人であったとか、みんな古い古い。およそ考え得られるテは悉《ことごと》くすでに誰かが書いており、さてこそ私なども音をあげているわけであるが、コロンブスの卵とおんなじで、誰か物凄い独創力でこの障壁をぶち破ってくれたら、全世界の探偵作家は驚倒して素直に脱帽するであろう。

医者と探偵小説とは縁が深い。外国でドイルがそうであるが、日本でも最初にポーの「モルグ街の殺人」を紹介した者は鷗外であったし、創作として第一の先駆者は小酒井不木《ふぼく》であり、中期にファンを瞠目させた人に木々高太郎がある。正木不如丘《ふじよきゆう》、式場隆三郎もかいているはずである。このことは色々理由があるがまず一番単純な関係として、内容が「殺人」という点で結びつき易いからであろう。

しかし実際問題としてみると、大して医学は使えないようである。

唯《ただ》殺人の方法、死体現象などで他の分野から出た人よりも間違いが少い――少くとも知っていてウソをついている――という点に利があるだけで、医学に限らずメイン・トリックに余りに特殊な専門知識を使うのは面白くない。重要なのは知識よりも、独創的論理的頭脳をもっているかどうかという点で、私などはその点頗《すこぶ》るあやしいので、締切に追われて苦しまぎれにやはり医学的知識を利用する。

学生時代に発表したもの約三十篇、卒業以後約三十篇、恐ろしい不精者で且怠け者だから処女作以来わずかに六十篇位しか書いていないが、このうち医学的知識を重要な内容としているものはやはり二十篇内外である。ただしその教育を受けた者でなくてはおそらく書けないだろうと思われるものは更に少数である。自ら会心の作とウヌボレ得るものに至っては未だ一篇もない。おそらく一生涯そうであるかもしれない。

# 合作第一報

アレキサンドル・デュマ、絶倫の巨篇群は多く数人の弟子の協力になったものだそうである。このような例は外国には沢山あるかもしれないが、わたくしはよく知らない。探偵小説では世にも高名なるエラリー・クイン、それからコール夫妻がある。

わたくし達が合作を思いたった直接の原因は坂口安吾氏の「推理小説にかぎって合作する方が名作が生れ易い。一面的な欠点が除かれ、多角的に観察され構成されて、トリックも発育しマンネリズムに堕し易い欠点ものぞかれるものである」という言葉に刺戟されたからである。

しかし実際問題としては、お互いの欠点をカヴァーするよりもお互いの長所を減殺し易いことは、日本でもその昔この試みがいくどかくりかえされて、失礼ながら、いずれもロクなものでなかったことからわかる。

これをいっぺん成功させてみようではないか、と酔余高木氏と話し合っていた傍に、たまたま坐っていたのが講談倶楽部の原田君。よし、その企劃はもらったとばかり手を打ってしまった。——まだ四月ごろの話。

高木クンは話がでッかいから、「おれはアクロイドとYをやるからお前はレベッカとファントム・レディをやれ」と吹く。小生ニヤニヤしたが、実は戦慄を禁じ得なかった。わかるでしょう?

しかしまだ海のものとも山のものともしれないのだから、話だけは景気がよい。また真の意味での合作などということは、クイン、コールはしらず忙しい日本では若いうちだけにできることだろう。

駄ボラばかりふいて目前の仕事に追われているうち八月になった。原田君に催促され良心にとがめられて、ふたりで箱根に出かけた。

これは、高木氏がいまは捨てた着想だからいってもよいと思うが最初は鎧武者が殺人をくりかえしてゆくという筋であった。二十世紀の近代都市に出没する鎧武者!おそらく高木氏はカーを考えていたのだろうと思うが、この異常な怪奇性に迫真の力を賦与するには実に神来の筆力を要する。チェスタトンか、カーか——おそらくはコチトラの腕ではカラ他愛もない道化芝居に堕しそうだ、といささかヘキエキした。

箱根ではほんの根本の根本を考えたにとどまる。尤も旅そのものは大いに愉しかった。わたくしは登場人物の種類について或る註文を出したが、あまり彼を束縛しちゃいけないと思って、専ら徳利を相手にしていた。尤もわたくしもチョコ二、三杯で真ッ赤になる口だが、高木氏の方も天下の豪傑みたいな顔をしているくせにお酒の方はあんまり長篇作家じゃない。ついでに余談だが、この凸凹珍道中で、彼がいかにその平生の広言にもかかわらず将棋が弱いかということを発見した。怒るなよ。

わたくしは世界の探偵小説のトリックの該博緻密な研究家ではむろんないので、この点はもとより高木彬光に全幅の信頼をおくものである。しかし彼の言によると、もはや前人未踏、驚天動地、原子爆弾的超トリックはないそうである。心ぼそい話だが、それはそうであろう。

しかしながらB29程度でいいから、もう少し具体的に考えを凝固させてくれないと、わたくしは顎をなでてるよりほかはない。顎はいくらでもなでてるけれど、ギリギリ一ぱいになってさあ書けさあ書けとつきつけられても、それに果してわたくしが情熱を起し得るか、よし情熱を起し得るとしても少くとも十日や二十日そのトリックとにらめッくらする必要もあると思うし、小説にするとなるといろいろ調べなくてはならぬこともあるだろうし、いいかげんにして見せろ、と過日フクれたら、本格派の驍将《ぎようしよう》、ボツ然と奮起してとんできた。

「これこれ、これぞ未だ世界に何人も試みざるトリックでアル！」

ほんまですかいな？——目下ふたりで鋭意研究中でアル。(十月上旬) 文章もふたりで研究してかいてゆくつもりである。ドタンバになって精神薄弱なる、わたくしは悲鳴をあげるかもしれないが、いまのところは、

「若しこれがうまくいったら、これからさきどこの雑誌でも、高木山田、ひとりではゴメンだ、というかもしれんぜエ」

と、くだらぬ心配をしている。

プロット、文章、いずれもふたりに責任がある。といいたいけれど、やはり出来上ったものを見て、その底に燦然ときらめくトリックの骨骼《こつかく》あればそれは高木氏のもの、それを雲霧のごとく覆って蒙昧漠々たるものあれば、それはわたくしの罪と御承知ねがいたい。

レベッカだろうがファントム・レディだろうが、口に税はかからんから何と吹いても結構ではあるが、掲載誌の性質上やはり自発的にもだいぶ束縛あらざるを得ないことはむろんだ——まずは合作広告。仍如件《よってくだんのごとし》。

# 高木彬光論

白石ウジから彬光論を命ぜられて困惑いたした。誰でも想像のつくことだから、略するが、なかでも一番困ったのは、人物論になりそうなことである。

およそ批評は、ケナス方がはるかに容易である。第一に積極的には評者自身がエラそうにみえる。第二に消極的には良心をあざむかなくてもよろしい。どちらにせよ、一種の快感があるものである。——私は彬光をエサにサジズム的快感をむさぼろうとは思わないがしかし公けにはともかく、同人誌でホメたってつまらない。本気でホメテモ八百長ととられよう。いったい仲間ぼめは探偵文壇の伝統的美風であるとともに、また一面ハタから見るとばかばかしいところがないでもない。——そこで、悪口をかく。

悪口が同時に拙者自身にあたっていることもあろうが、ドダイ批評というものは

「自分を棚にあげて」物をいうことだから、しかたがない。これは関西探偵作家クラブの悪口屋も、御自分にてらしてツクヅク肯定されるであろう。

さて、その関西探偵作家クラブは（――少くともその会報全面に鳴りわたっている音響は）鬼は鬼でも、その鳴りぐあいは、餓鬼である。――そうして高木彬光は、その餓鬼大将である。

餓鬼の特徴は――精神が（頭にあらず）カンタンなこと。したがって度胸のいいこと、したがって誰にでも噛みつくこと。（短所は同時に長所である。これを裏返せば、どんなにでもホメることができる）――等と書きならべてきて、気がついた。「鬼」というものは、所詮どこかに例外なく餓鬼の萌芽をもっているものではあるまいか？と。――また、思えらく、大賢は愚に似たりという諺もあるがごとく、眼だまを脳天にあげて天ばかり見ているより、一尺四方の盤上の駒さばきに熱をあげている方が、もっと大人の業といえるのではあるまいか？と。――なんだか餓鬼論が、あやしくなって参った。

ところで彬光は、その大将なのである。少くともその風格をもっているのである。これは人柄がそうであるばかりではない、長篇が得意であるばかりではない。なんとなく、大ダンビラといった感じがするので、これは大したことである。作品的にも生活的にも、野心的でエネルギッシュで、まさに天下をのぞむの概がある。いったい彬光は、江戸川横溝直系なりと自ら称しているが、それは彼の幼児に似た善良な愛すべき熱中性からきた親愛感の表白であって、作品的には必ずしも直系ではあるまい。実作上では江戸川先生も、それから戦前までの横溝先生も、決して純粋な本格派じゃなかった。むしろその反対であった。おそらく天性、彬光ほど徹底した、ガンコな、そうして大きさをもった本格派は、いまだ曾て日本になかったのではあるまいか？——怠け者だから、むかしのことはよく知らないが。

だとすると、彬光は大いに威張ってもいいし、またげんに威張っている。少々ほこりッぽいので何やかやいわれても、実際上真似手もないのだから、しかたがない。探偵小説の大問屋のような顔をして探偵小説ならなんでもこいといった不敵な面だましい、満々として、気の弱いものなら吹きとばされてしまいそうな恐るべき自信——壮観である。

なんだか、悪口がどこかへ吹きとばされてしまったが、しかしそれでいいのである。彬光はくたばるまで、ウヌボレの権化であるべきである。このごろ「小説というものが怖くなった——」なんて殊勝な愚痴をコボすけれど、そんなことではいけない。彬光から自信をとることあたかも風船から空気をぬくがごとし。しかし——この恐怖は、外からこう気勢をつけても、内部から霧のようにわいてきて、いつか彼の丈夫な心臓を冷たくつかんでしまうかもしれない。しかし、彬光はそれをのりこえるであろう。彼は恐れをしらぬ努力家である。酒でさえ、はじめちッとものめなかったのが、いまはまンまと大酒豪になりすましたではないか。

およそ地上の人事で、時間と空間と人間関係の制約をまぬがれ得ないものはない。時間と空間の大トリックは考えつくされてしまった。（という）人間関係のトリックで、一人二役にまさるものはまずあるまい。

私はもはや、人間の内部にもぐりこむよりほかはないと思っているが、さてそれがもとより容易なことではない。しかたがないから心理の万華鏡をガチャリガチャリとまわして、もてあそんでいる。その遊戯性が探偵小説と相通ずるものがあるので、いつか黒部ウジが拙作を非常にクリアーに割切りすぎると批評されたが、それは悲劇を見て可笑しみが足りないと不平をいうようなものだ。――とはいうものの、最近、この心理の「遊戯」が少々憂鬱になってきた。

彬光は決して心理などに頭をつッこまないがよろしい。その方はごく定型的な陣立てでよろしい。それより外部の――時間、空間、人間関係の、すでに考えつくされてしまったといわれるトリックを、精緻に、徹底的に並べ変え、もてあそび、ひッくり返し、組み変えて、いままで何びとも発見できなかった驚異の相貌を彫り出してもらいたい。クリスチーの例がある。将棋の名棋譜も永遠に生み出されるであろう。世のなかに、それほど大した仕事はありやしないから、これもまさに大人のなすべき業である。

彬光はそれを自覚しており、自信をもっている。そしてたしかにその実力もあると、はたから私も認めて大いにお尻をたたくものである。

# 非才人の才人論

「斜陽でもまた、おれは、才あって徳なし、ときまった。必ずそうなんだから、やりきれたものじゃあない。一葉がそうだったってね。おれも一葉とおなじさ」

太宰さんは「斜陽」執筆直後、批評の先手をうって、こう笑ったそうである。

わたくしがここにこの言葉をひくのは、むろん何もわたくしが太宰さんや一葉女史みたいにエライと思っているからでは全然ない。こういうエライ人の言葉しか残っていないためと、わたくしの作品を批評して頂く場合、その文中「才」乃至《ないし》それに類する用語が意外にも多いことに恐縮しているからである。

実はわたくしは、自分が才人であるなどいわれると可笑しい。また少々ウレシくもある。なぜなら、自分が才人などではないことをよく知っているからである。新人中、わたくしほど不器用な者があろうか！——「などといってみたって、作品的にそういう印象を受けるんだからしかたがない」となおお世辞をいってくれる方に対してひと理窟がある。

尤も、本人はお世辞だと思ってウレシがっているが、いってる方は悪口のつもりかもしれない。それならいよいよひと理窟がある。いったい「才」なくして小説がかけるわけはないから、特にそう呼ばれる所以を分析してみると、わたくしの「才」は、一分の「器用さ」と、一分の「軽薄さ」と、八分の「観念的遊戯性」から成り立っているらしい。

「器用」なことは大いに結構である。近来「宝石」が面白くないといわれる原因は、むろん清新な意欲、驚天のトリックに欠けた作品が多いせいであるが、一面またあまり不器用な小説が多いからでもあると思う。わたくしなど器用さが一分しかないので、歯ぎしりして恥ずかしがってるくらいである。「軽薄さ」は自認するが、他認もする。それほどよそさまの作品にくらべて、めだってわたくしが軽薄であるとは思わない。

さて、観念的であり、しかもそれをもてあそんでいるという癖は――これはいかん。根本的な人生観に於てふまじめである。が、このふまじめな遊戯を、こっちはあぶら汗をながして考えているのである。少くとも対象が探偵小説（それで怒る人があれば推理小説）である以上、わたくしはそういうものも、認められてよろしいと思う。いままでの、時間、空間、人間関係のこの遊戯性を徹底的に拡張して、心理はては倫理の遊戯にまで及んだ大詭弁小説も、ねころんで読むには面白いと思う。

面白いが、実際にはなかなかむずかしい。つまり、「才人」ではないからである。横溝先生の「きちがいちがい」や、さかさの佐清がヨキであるなんてのは、駄洒落趣味のゆうなるものであるが、この駄洒落を生み出すために、作者がいかに惨心鏤骨の苦しみをなめたかは、御本人の身になってみなければわからない。ましてわたくしのごとき非才人が、いつの日にかつくり出してみようと考えているこの新分野を、そう残虐にぶちこわさないで、もっと助勢してもらいたいくらいである。

才人、才人、よろしい、よろしい。が、ただそれだけではこまる。とおっしゃる批評は容易である。ついでだから、「ただそれだけだ」という批評の見本を開陳する。

島田一男――「香具師《やし》の手品のごとく面白い。が……ただそれだけだ」

高木彬光――「タフである。が……ただそれだけだ」

香山滋――「爬虫類とはだかの女。が……ただそれだけだ」

大坪砂男――「螺鈿《らでん》のごとき技巧。が……ただそれだけだ」

ドストエフスキー――「エライ。実にエライ。……が……ただ……それだけだ！」

# 自縛の縄

「わが作風を語る」という題を与えられたのだけれど、さて困った。というのは、私などまだ語るべき作風なんてテンデありはしないという当然なる自嘲心は別として、とにかくいままでにかいた作品をみずからふりかえってみて、身の毛のよだつような不快感に目下襲われているからである。

それはむろん下手であり、拙劣であるからでもあるけれど、単にそればかりではない。もっと根本的な、探偵小説というものへの本質上の懐疑である。

探偵小説の定義には色々の条件がふくまれているのであるが、そのうち極めて重要な特色は「意外性」であると私は考えている。いわゆる本格物が尊重されなければならないのは、その推理の過程が緻密で論理的であればあるほど、結果の意外性が必然的に強化されるからで、要するに探偵小説とは、読者をだます小説であると私は考えているのである。

ところが――読者を「だます」ということ自体に、最近なにか憂鬱な、満足できないような気分にしばしば陥り出したのだから、コトである。「我々は作者のつくうそに、完全にはだまされないのである。ポウの作品を私は今ではわざわざ読む気にならない。だまされたという読後の味のわるさがいやだからである」――というのは本多顕彰《あきら》氏の言葉であるが、この心境があながち別の星に住む人のものとして笑殺できないような気持がしはじめたのだから、参らざるを得ない。

思うに本多氏の右の言葉は、単にポウの数篇のいわゆる探偵作品（「マリイ・ロージェ」「モルグ街」「盗まれた手紙」「黄金虫」等）のみをさしていっているのではあるまい。たしかにポウは、その全作品にわたって共通の特徴がある。それはつまり読者を「だます」という雰囲気が漂っていることで、よくいわれるように彼は一作一作全然別世界の鉱脈を掘っていったんではない。（またそれが当然でもある）

いったい、私の「探偵小説」の定義がまちがっているのであろうか？

若しそれがあたっているとしたら、「読者をだます」ことを目的とするようなものが、本質的に文学となり得るであろうか？

私は実は江戸川、木々両先生の論争史をぜんぶ拝見する機会がなかったので、そのうちその機会を得て色々かんがえてみようと思っているのであるが、結局意見のわかれるところはこのあたりなのではないかしらん。

しかし、こういう懐疑は、むろん今の私にとっては自らをしばる恐るべき縄である。だから、「しかし」と私は死物狂いに自らにいう。人は実生活上で他人にだまされることは、むろん不快千万なものだけれど、小説とか演劇の世界に於ては、だまされることを必ずしも不快に思うものではない。これは直接間接経験の差、自己観念の抽出等によるものであるけれども、それよりも積極的に、人はいかなる場合に於ても興奮の刺戟を欲し、また催眠的魔力を受けたいという欲望を有するからである。むしろこれが目的で小説を読み、芝居を観るといってもさしつかえはないくらいである。広義にいえばあらゆる芸術は、ことごとく人をだます技術であると称してもいいかもしれない。単なる自己内容の排泄でもなければ、人生の意義を教えることでもない。

かくて、「読者をだます」ということは、必ずしも良心に苦痛を感じる必要はないという結論を出して、ひとまず安心することにする。

しかし、世には本多氏のような人もあり、またすべての知識人の心奥の一部にも一応は右のような心理がある以上、最も露骨な最も直截な形態で読者をだまさなくてはならない探偵小説なるものは、考えてみれば、小説的にも実に普通文学以上の大手腕を必要とするものだと痛感せざるを得ない。

最もあくどいうそを、最もまことらしくついたポオの作品は、すべて燦然たる芸術の妖光をはなっているではないか。天賦の才能の差はもはやいかんともすべからざるものである以上私たちは、色々な点で、ほんとうに眼をすえて修業しなければならないと思う。

「ポオはスフィンクスを作る前に解剖学を研究した。ポオの後代を震駭《しんがい》した秘密はこの研究にひそんでいる」――芥川龍之介――

「私は、探偵小説、或いは人智を働かした犯罪や恐怖の物語についてもっとよく考えて見ようと思っているが(中略)近来は筋立ては珍らしくなり、科学的知識によって複雑にもなっているものの、ポオに比すると、膚浅《ふせん》にして子供だまし見たいなものである。ポオの推理力は、宇宙の心理をも剝いで見せているようである」――正宗白鳥――

夜半、このすぐれた先人の語をみていて、私は粛然として膝をたださざるを得ない。そうして、先刻の自縛の縄よりも、もっと深刻な縄がくいこんで、ゼンゼン身うごきがつかないようになるのである。

# 探偵小説の「結末」に就て

実はこの課題は、高木氏の「動機に就て」ととりかえッこした方が面白いのではないかとも考えたが、しかし私だって探偵小説をかく以上は、どうしたって結末のシーンは描かなくてはならないので、この研究もまた一興だろうと思い直して、いささか考えてみることにした。ただし乱歩先生のごとく尨大なる資料から検討することもかなわず、紙面もまた極めて狭小。ズサン極まるものであるが、どなたか同好の士でこれを端緒に統計的な研究をして下さる人があれば、幸いこれにすぎたるはない。

一般に探偵小説最後の舞台は、御存知のごとく、関係者一堂に会し、探偵氏が颯爽として、「諸君！　犯人を御紹介します！」と大見得をきる。これが最もありふれた古典的手法であって、しかもまた常に読者を満足させるのは、いうまでもなくこれが一番劇的であるからである。「不連続」「犬神家」「獄門島」みな然り。時として最後にただ二人の対話となることがあるが、（例・「断崖」「陰獣」）これはすでに一方が探偵、一方が犯人であることを予期させるきらいがあるので、少々損な方法であると思う。

ところでこの探偵の演説の骨子は、要するに、「誰が」「如何にして」殺人を行ったか、ということにつきるので、つまり犯人の指摘と犯行の方法であるが、このどちらを先にかくかということが問題である。これはむろんその探偵小説の内容、なりゆき如何によるものではあるけれど、まず読者としては多くの場合、「誰が」ということの方に強烈な興味をもつもので、さればこそ雑誌やラジオで「犯人探し」の物語がいつまでも支持をうける所以である。実際上、探偵小説の名作の大半は、まず犯人が指摘されて、あとで探偵氏がストーヴにあたりながらボンクラどもに長ながと講義をやるといったものが多い。「グリーン家」「赤毛のレドメイン」「幻の女」「予告殺人」「白昼の悪魔」「八つ墓村」「刺青」等々その例は無数である。

しかし理論としては、「誰が」ということに読者の焦点がかかればこそ、美味いものはあとで食う理窟で、これを一番あとに残すという手法も当然考えられるわけだが、大体、犯行の手段をながながとのべたてていれば、自然に犯人の姿が浮かばざるを得ないのがふつうだから、これをやりながらなお且最後の一句まで犯人がわからないということは、げに至難というべく非凡の構成非凡の手腕を要するであろう。「カナリア」「トレント」は、その少数のうちのみごとな例である。

次に、その犯人の処置であるが、最後に至って、犯人が自殺乃至自殺にちかい死をとげて、地上の捕縄から永遠にのがれ去るといった例が極めて多い。「赤毛のレドメイン」「グリーン家」「カナリア」「不連続」「犬神家」「獄門島」等々で、これらは偉大なる悪人に対する作者のエチケットであり、心からなる哀悼の花束であろう。しかしながらこの逆に、みずから悪の英雄を気どる犯人が、最後のドタンバにいたって、極めて滑稽な醜態をみせるという描写も、二十世紀的にもっともっと凄惨味をおびているような気がする。シメノンの「男の頭」はそれである。

ちょっと変って、探偵が犯人をつきとめながら、知らん顔の半兵衛をきめこんで逃がしてしまうというのがあり、これ銭形平次親分の最もトクイとするところであって、最近ではワイルドの「インクエスト」がそうであったと記憶する。読者の快い後味を買うには一手段である。

しかしながら、あらゆる結末のなかで、最も悲壮を極める手法は、探偵による犯人抹殺であろう。犯人でありながら、その物的証拠をのこさぬ極悪人、或は法律的に罰し得ぬ環境にある危険人物を、神に代って、最も殺人を嫌悪する正義の権化たる探偵が、人しれず地上から抹殺し、うなだれて去ってゆく。このフィナーレは壮美の極みであるが、しかしこれを成功させるには、殺されるに足る犯人でなければならず、殺すに足る探偵でなければならぬ。殺されるに足る犯人とは「僧正」の犯人のごときものをいい、殺すに足る探偵とは「Y」の探偵のごときものをいう。それでもドルウリイ・レーンは両の手に顔をうずめ、フイロ・ヴァンスは異常なばかりにはしゃぎちらす。

さて、以上は形式の問題であるが、私はその文体と、もうひとつ本質的なことについて一言したいと考える。

それは最後の探偵の説明である。これがいかなる作家がいかなる探偵を使用しても、その言葉の調子が殆ど個性を失うまでに同一の口吻をおびるのはどういうわけであろうか。翻訳口調のなごりか、それとも数学の解答の記述方式は一定しているのと同じ理由であろうか。一体に探偵小説の終章は、作者自身が最も快感に溺れつつ一気呵成にかきとばす部分だけに、一工夫あってしかるべきものと思う。

次にもうひとつ本質的な疑問というのは、例の「割切れる」ということである。人生のすべては割切れるものではないが、探偵小説に於ては、その外面的な謎のみならず、内面的な謎までも割切ってしまう。これが割切れないでそは永遠の謎なりなどいう言葉で終ると、どうも読者はお尻がムズムズして落着きが悪いような気がするし、それかといってまた一方、正宗白鳥のいわゆる探偵小説の膚浅さはこの「割切れる」という点にあることは事実である。この矛盾をどううまく処理するか、同人諸兄の御研究をわずらわしたい。

百いいたいことを一ですました。読者よろしく御了承ねがいたい。

# 浅田一先生追悼

浅田先生は、私が学生時代、法医学を教えて戴いた恩師である。すでに当時から、教壇に腰掛をもって来て、それにかけられ、数分おきにコップで喉頭をしめしながら、ひくい声で講義されていた。

私が探偵小説をかき出してから、法医学教室の連中と仲よくなって、籍をひとつあけておくから教室員になれとすすめられたこともあるが、探偵小説をかくために特に法医学を専攻するのも妙だと思い、――というより、持前の怠惰とものぐさから、ついに教室員にはならなかったけれど、はじめのころ、探偵小説創作上の法医学的な或る事柄について、数度、先生に直接おうかがいにいったことがある。

その話のあとで、先生は「こないだ江戸川さんに会ったとき、君の話が出たがね、なかなか褒めてたよ。もっともまだ各雑誌社から引っぱり凧というところまでゆかないが、と笑ってたがね」とおっしゃった。私がまだ最初の四、五本かいたころであったろうと思う。大きな教授室のまんなかのデスクにぽつねんとひとり腰かけて、先生はまだ色々とおしゃべりなさりたそうなお顔であったが、私は先生だの大先輩だのという方と話をするのに、大いに辟易するたちなので、必死で逃走をくわだてた。

私がインターンのころから、先生はもう病臥されていたようである。御子息の成也君が私とクラスメートで仲がよかったので、ときどき思い出したように「お父さんはどう?」ときいた。「うん、ねてる」と答える様子が、相変らずだ、という意味を含んでいたので、あんまり気にかけなかった。御病気も慢性になると、御本人よりも、他人が慢性になるものである。しかし、ときに、成也君みずから、

「親父は、勉強が好きだなあ!」

と、感にたえた言葉をもらすことがあった。学者が勉強が好きなことはあたり前であり、また珍しいことでもないということを認めた上での、嘆賞の声である。

先生が何ヶ国語に通じていられたか、忘れてしまったが、とにかく六、七ヶ国語以上であったと思う。特にエスペラント語は御熱心であった。古畑教授とならんで、三田定則博士の最もすぐれた高弟として出発された先生が、日本の法医学に貢献された御功績は偉大なものであり、したがって将来の大学の法医学教室の規模について壮大

なる野心をもっておられたことは当然であるが、そんな野心を去っても、ただ勉強が好きで好きでたまらない、といった風であった。

「実際法医学のような範囲のひろい科学では、一日が五十時間あってもやりきれたものではない。あらゆる科学に関係しているから、あらゆる雑誌に目を通さねばならず、あらゆる学科の新刊書に注意せねばならぬ」

とは先生の言葉である。とてもとても私など、その教室によりつけたものではない。

私の処女作は「達磨峠の事件」という大駄作であるが、しかし大駄作にせよ、生来特に探偵小説に嗜好をもっていたとは思われぬ私が、ともかく探偵作家らしきものになったなれそめは、この作品であって、そして私が法医学を習わなかったら、ついにこの探偵小説をかかずに終ったであろう。日本の探偵小説界にはお気の毒のいたりであるが、私個人としては、この点に於ても浅田先生は大恩師のおひとりといわなくてはならない。

先生からお便りをいただいたのは、御逝去の約一ト月半前、五月の末であった。そのなかに、例の「人間の歴史」について、安田君の頭脳と博学に感心している。しかしずいぶん異論があるとかかれてあった。その御異論を承りたいと思いつつ、御病中のことを考えて遠慮しているうち、突如、御逝去の報を得た。

つつしんで先生の御冥福をお祈り申し上げる次第である。

# 情婦・探偵小説

屁理窟を少々。

結婚ということは、原則として、こっちに或る心的飛躍がなければ、とても敢行できるものではない。この心的飛躍を熱情という。

この熱情を分析してみると、恋愛と信頼というふたつの要素から成り立っている。恋愛は性感から発するものであり、信頼は性感をとりのぞいてもまだのこる何ものかから発するものである。

さて、私は私小説に対して信頼感はあるが、どうしても性感をかんじ得ないのである。たとえ、それが志賀直哉氏の作品であってもどうしても恋愛を感じることができないのである。これは本能的なものであるから、なんともいたしかたがない。

私は探偵小説に恋愛を感じた。そして、若年者がこれだけで簡単に結婚に突入するように、私もあわや探偵小説と結婚しようとした。――世間的には、もう結婚したとみられているかもしれない。しかし私は、探偵小説に惚れてはいるが、信頼していないことに気がついて、いまさら愕然としている。

惚れる惚れないは本能的なもので、理由もへちまもありはしないが、信頼とは或る程度対象を研究したあげくのことなのだから、この不信の理由を考えてみたが、まだ秩序整然とあげられるほどの結論を得ていない。

ただ、そのひとつに、やはり例の「子供だまし」ということがあるような気がしている。この点にこだわり出したら、「その子供だましのところこそ、探偵小説の本質的魅力なのだ」といってみたってなにか弱々しい。はじめはそんな点がチッとも気にならず、夢中で溺れこんでいたのである。このことがいったん意識に浮んでくると、じぶんで書いていながら、まるで背後でステテコを踊っているようなむなしさを感じずにはいられないのである。乱歩先生がながくお書きにならないのも、その御論旨とは別に、この意識の冷たい手を自覚していらっしゃるからではなかろうか。また多くの先輩諸先生諸兄で、この感じを持たずに書いていられる方が、何人あるであろうか。

いったん結婚して、その配偶者を信頼できないなんて惨めなことはない。なんとなく堕勢的に夫婦生活をしているのは、はたからみても気の毒を絵にかいたようなものである。

私は豁然《かつぜん》大悟して、爾今、探偵小説を情婦の位置におこうと思った。そうすると、急に心が重圧感から解放されたような気がした。そう思ってみれば、ああ、なんとこの恋人の妖艶無比なることよ！　探偵小説は、指が六本ある——乃至は一本足りない、絶世の美女に似ている。

話の筋をひとすじ変えるが、作家はその作品との結婚者であって読者はその作品の恋人にすぎない。批評家は、読者の最も警抜なる代表者とすれば、これは最もスレた色魔であるといえよう。彼らは自由にわたり歩き、味覚し、無責任にすて去る。「鰻のあとで、ちょっとお新香で一パイ」なんていう。

結婚した方はつらい。いったん婚姻とどけを出した以上、いかに女房の批評をされてもいたしかたがないが、面とむかって妻君の悪口をいわれれば、まさに、恨み骨髄に徹すである。大坪砂男氏がイキリ立つのもむりはない。

ブラウニングがその処女作「ポーライン」を発表したとき、リポジトリ誌上に、その編輯者が一行の余白の埋草に「ポーライン、これは譫言《うわごと》なり」とかいた。後年ブラウニングは人に語っていった。「余は、あの批評のため、世間に知られる機会が二十年おくれた」と。

まあ、せいぜい、批評家は、既婚者、或いは純真にこれから結婚しようとしている若い人々へは、その女房乃至候補者のコキ下ろしは、お手柔かにしてあげて下さい。私は情婦ときめこんだから、大丈夫です。

# うたたね大衆小説論

毎月、十数冊の大衆雑誌類をもらうので、小春日和の縁側にねころんで、よくその頁をパラパラめくっていることがあるのだが、これはそんなとき、手の紫煙とともに秋の庭にただよっていった――例の屁理屈である。

そのひとつ――大衆小説というものは、どうして江戸時代から相もかわらず、結局勧善懲悪小説が大半であるのか？――という疑問に対する解釈である。

御存知のごとく、世の中は必ずしも善勝ち悪負けるとはかぎっていない。善悪と現世的勝敗とは全然無関係のものである。ところが大衆小説の作者は、純文芸の作家にくらべて、むしろ頭脳的には賢い人が多いと思われるのに、どうして得々と、恬然《てんぜん》として、良心に恥ずるところなく、善勝ち悪負ける小説をかくのだろうか。

これは、その方が大衆に受けるからであるという理由が一つ。しかし別にいまさら大衆に受けなくったってかまわないほどの大家にして、なおいつまでもこれをやっているのはなぜだろうか。むかしながらの、お上の奨励した道学小説の観念がしみこんでぬきがたいからだろうか。しかしそんなものを超越するほどの頭脳をたしかに持っている人が、まだそれをやっている。なぜだろう？

私のうたたねのひまひまの考えだが、それは、なにが善悪であるかわからないにせよ、とにかく善悪を割り切らなくては、この世の中が成り立ってゆかないことがわかってくるからだろうと思う。つまり、善悪などの哲学的大抽象論議に面倒くさくなって、いとも現世的になるからだろうと思う。つぎに、浅薄だろうが、粗枝大葉だろうが、ともかく善悪を割り切ると、その小説が外形的には完全美のていさいをそなえてくることに一応の満足をおぼえるからだろうと思う。つまり、深刻癖にくたびれて、遊戯的になってくるからだろうと思う。

それから、大衆小説に対するもうひとつの疑問は――なぜ小説中の女性を、実際以上に美化して描くか、ということである。

私はしばしば、ああ女性軽蔑論者ではいかんな、といわれるが、なにも特別に女性のみを軽蔑しているわけではない。腹のなかでは自分自身をもふくめて、男も同様に軽蔑している。むしろ女の方が――たとえ女には悪事をする自由も能力も弱いせいであるにしても——道徳的には女の方がたかいと考えているくらいである。じぶんを信じてくれる人を裏切ったり、往来の財布を猫ババをきめこんだりする比率は、男の方がずっと悪質にきまっている。

では、なぜ、私が女性軽蔑論者であるときめつけられるような小説をたくさんかいたかというと、フロイド流の解釈は一応ごめん蒙って、まあ女性を事実以上に理想化した小説が世に多いので、それに対するイヤガラセだろうと思う。——これから、ぬらりくらりと屁理屈を発展させる。

さて、それではなぜ多くの作家が女性を実際以上に理想化するかというと、現実の女がそれほどじゃないから、せめて小説でという反動ばかりでなく、作家も飯をくわなくちゃならんという理由で、その方が小説がよく売れるからである。というのは、小説の愛読者は男よりも女に多いからである。同一知能水準の夫婦が、同一の読書時間をもっているとしたら、夫は大半専門書と新聞だけで澄ましたものであり、女は大半小説だけ読んで満足しているであろう。

ではなぜ女が小説を好むかというと、女は感情を刺戟されることを好むからである。男はむしろ理性を刺戟されることを好む。（したがって、理性刺戟小説の旗頭たる探偵小説を女に好ませようとするのは、豚に真珠をあたえるがごとく——逆に、女に好かれるような探偵小説を書こうとしても、それは灘の生一本に砂糖をぶちこんだようなもので、上戸はかならず辟易するようなものになるにきまっている）

感情はむろん理性よりも肉体に密接している。いうまでもなく女の方が男より肉体的動物である。……そこで論ははじめにかえって、さてこそ私は女性軽蔑論者ということになりそうだが、しかし私は決してそれを軽蔑しているわけではない。なぜなら、人間が肉体的であればあるほど道徳的であるからで、真の不道徳とは肉体よりもかならず知能に関わるものだからである。——道徳的肉体動物に栄えあれ。女性万歳。不道徳的理性小説《たんていしょうせつ》に呪いあれ。

どうも、女に好かれない探偵小説というものの作者の八ツ当りになったようです。

# シャーロック・ホームズ氏と夏目漱石氏

去年「半七捕物帖」という雑文をかいたら、白石潔氏がよろこんでくれたので、調子にのってこんどはシャーロック・ホームズの年譜をつくってみた。ホームズの年譜をつくった場合に、ドイルの考えちがいから、いろいろ矛盾がでてくることは、延原謙氏も指摘されるところであるが、なるほどとあらためて面白がった次第である。もっとも、このようなことは、BSIの会員その他全世界のシャーロッキアンのつとに調査ずみのことであろうから、もとより発表の意志などなく、そのまま捨てておいたわけである。

ところが、最近、ひさしぶりに探偵小説をかこうと思って、さてこまったのは舞台である。私のように社会的経験の乏しいものは、いつもこれに閉口するわけだが、私にかぎらず他の方もなかなかこの点考えこまれるにちがいないと思う。何かといえばすぐにアパート殺人事件とくるのも気がきかないけれど、それかといって、すぐに大時代な幽霊屋敷や離れ島なんてところに舞台をもってゆくのもそらぞらしくっていただけない。

そこではたと膝をたたいたのは、例の年譜である。一八八〇年（明治十三年）の「緋色の研究」にはじまって（ただし、ホームズが探偵を開業する以前にもその天才をふるったのは、「グロリア・スコット号事件」と「マスグレーヴ家の儀式」があるが、はっきりした年代はわからない）一九一四年（大正三年）の「最後の挨拶」に終る事件簿である。

そのとき私の頭に浮かんだのは、余人にあらず夏目漱石であった。漱石の年譜をしらべてみると一九〇〇年（明治三十三年）十月末から一九〇二年（明治三十五年）十二月まで、文部省留学生としてロンドンにくらしている。この間ホームズの事件簿をみると、一八九九年に「隠居絵具師」の事件があって、一九〇二年の「三人ガリデブ」「高名の依頼人」の事件まで、空白らしい。

私はこの空白期の一九〇一年の五月に、この御両人をむすびつけることを着想した。ちょうど、いまの天皇陛下御誕生の明治三十四年のロンドンの話である。

むろん、ただそれだけの話で、私のその作品にはほかにとりえはないが、こういうことを調べるのは私はきらいな方ではない。（ただし、これをかくには、ロンドンの地理について椿八郎大人の御高教を仰ぐべきところだろうが、暑いさかりなので私はごめん蒙るつもりでいる）

いったい漱石という人は、探偵というものを偏執狂的にきらっていたことは、その実際生活でも作品中のせりふでも有名であるが、その半面、彼がいかに分析的能力に超抜しており、且その作品の構成が探偵小説と一脈相通じているかは、その著作からもあきらかである。

私は明治三十四年三月五日付の漱石の日記に、「近頃ノ天気陰晴不定所謂 April shower 既ニ来ル者ノ如シ書物屋ノ主人曰ク厭ナ御天気デスナ然シ書物許リ読ンデ居ル人ニハ宜シフ御座ンショウト此日 Baker Street ニテ中食ス肉一皿芋菜茶一椀ト菓子二ツナリ一（シリング）十片ヲ払フ」とあるのを読んで、思わず微笑せざるを得なかった。

# 温泉と探偵小説

「温泉宿の探偵趣味」という課題をもらったのだが、全国無数の温泉宿の中には、たしかに、私達の想像も及ばない探偵的趣向の横溢したものが相当ありそうに思う。浴室の場所とか構造とか湯の出口の様子とか鏡の魔術とか。――しかし、残念ながら、見聞のせまい私は、その点でふかい印象をのこしている温泉宿がいまちょっと思い出せないし、日本の探偵小説にも、単に小説の舞台としてでなく、温泉宿の特殊な構造そのものを利用した作品がなかったような気がする。これだけ世界に冠たる温泉国である日本なのに、考えてみれば、それがかえってふしぎだし、実際にそういう温泉がなければ、探偵小説的に独創してみてもよさそうに思う。尤も、そのためには、温泉について、地質学的に、化学的に、或は医学的に研究して、相当な温泉学の大家になる必要があるだろう。

実際に、実在の温泉宿を探偵小説につかうと、かえって気の毒なことになるかもしれない。探偵小説の定石として、まず九分九厘までそこで人殺しが行われることになるからである。かくいう私も、ときどき温泉にいって、あんまり感服しない温泉にぶつかると、よろしい、ではこの次に探偵小説をかくときには、ここで血ミドロの残虐凄惨きわまる殺人事件が行われることにしてやろうかと、冗談でなく考えこまないこともない。探偵作家を泊めるときは、温泉宿も充分用心しなくてはいけない。

＊

私がはじめて温泉というものに行ったのは、中学四年の冬休みのことである。そこで私は、世にもふしぎな「神かくし」の事件にぶつかった。――(と、こういう具合に語りはじめるのも探偵小説の定石で、語り終えればひどくつまらんのも探偵小説の定石であるが)

場所は、鳥取県の岩井温泉だった。山陰線で、兵庫県から鳥取県に入って間もない、山のなかの寂しい温泉である。私はそこから三つ四つ駅をへだてた祖父の家へ遊びにきていたが、その温泉には行ったことがなかった。中学は兵庫県の城崎温泉のすぐ近くの豊岡という町なので、城崎温泉には行ったことがあるけれど、ここには内湯がないから、私などには銭湯も同じ気がしてならなかった。

　ところへ、ぶらりと小学時代の級友Aが訪ねてきたのである。成績もよく、非常にまじめな少年であったが、高等小学を出るとすぐ姉の嫁入先の小間物屋に丁稚《でっち》に行っていた。鳥取の方に商用で行った帰り、あなたがここにいることを知って寄ってみたのだといった。二年間くらい会わないあいだに、髪にはポマードをてかてかぬり、ニキビは私の三倍くらい旺盛をきわめ、革のジャンパーに鞄かなんかぶらさげて、全然まだ子供のこちらとは段ちがいに大人になったような感じだった。

　ちょっとひまができたのだが、どこかへ遊びにゆかないかという。そして、まだ一度もいったことがないのだが、岩井温泉にでもいってみないかという。こちらは祖父に許可とお金をもらわなくてはならない。Aは「金ならありますよ」といって蟇《がま》のようにふくらんだ鞄をポンポンとたたく。私はしみじみと中学生という自分の境遇が情けなかった。

　はでなマフラーに豪勢《ごうせい》なオーバーをつけたAと、よごれた制帽にカーキ色の外套をきた私は汽車にのった。暗い日本海の果てに、そのとき壮厳な虹がかかっていた。それに心を打たれて、私は「人生の理想」なんてことを熱心にしゃべり出した。Aはニヤニヤ笑って、「しかし坊っちゃん、この世はぜんぶ金と女ですよ」といった。（私達は十六歳だった！）

やがて到着した岩井温泉については、何の記憶も残っていない。ただたいへん寂しい温泉で、それでもどこかを通るとき、灯のなかにちらりと芸者らしい後姿がみえたのと、三味線の音が聞えたのを思い出す。夕食にAは晩酌をのんだ。私は中学生らしい良心から酒などみむきもせず、尚《なお》夢中になって「人生の理想」について熱論しつづけた。Aはだんだん沈黙していった。

——その夜、私が温泉から上ってみたら、Aはいなかった。帽子も洋服もあったから、私を置き去りにしていったわけではない。どこへいったのだろう？　私は眠れないほどの心細さを感じた。一晩じゅう薄暗い地下の窟《いわや》みたいな浴場に通ったり、もってきたローリングスの「一歳仔《イアリング》」を読んだりした。

Aはどこへいってしまったのだろう？　泊ったこの宿以外に、この深夜をすぎて、どこにいるところがあるのだろう？

夜あけにトロトロとして、眼がさめたら、いつのまにかAがかえっていて、傍にねむっていた。

「どこへいっていたの？」

「姉さんのところですよ」

「えっ、姉さん？」

「ええ。ここへ……このちょっとさきへ嫁にきてるもんですから」

うそをつけ、と私は思った。まだこの温泉へ一度もきたことがないといったじゃないか。しかし、私はだまっていた。私はAがどこへいったか知らなかった。ただ本能的な不潔さを感じ、そのために、ものをいうのがいやになった。

私たちは、黙々として、岩井温泉を去った。

私がAの哀しみを察し得たのはずっと後のことである。Aは太平洋戦争で死んでしまった。私にとって、岩井温泉は、その風物を全く忘却し果てたのにかかわらず、ただ少年時代の薄暗い神秘と悲哀にけぶった追憶の温泉となっている。……

＊

城崎の或る温泉宿で、妙なからくりをみたことがある。温泉そのものを利用したのではないが、これを探偵小説につかえば、こういう具合になるだろう。

――その宿の、美しい庭に面する縁側に立って、「彼」はぎょっと眼をむき出してしまった。真っ暗な夜であったが、庭園につくられた池は翡翠《ひすい》のように青く美しくひかっている。青い蛍光灯が水底にとりつけられているのである。それはこの世のものとも思われない妖麗さだった。――が、池にかけられた小さな橋の下に、その水底に、あおむけに女の屍体が沈んでいるのである。

夜光虫のようにひかる顔、水藻のごとくながれる黒髪、うらめしげに見ひらかれた両眼。――それは「彼」が何年か前に絞殺し、ひとしれず或る湖になげこんだ恋人の屍骸だった！「彼」は卒倒してしまった。

「彼」が気がついたとき、その女の屍体はなかった。ひきあげられたのではない。なぜなら、池の周辺に屍体をひきあげたらしい水のしたたりひとつ見えなかったからである。宿の主人は幻影だろうといった。しかし「彼」はそれっきり発狂して、過去の殺人をペラペラしゃべりはじめた。

宿の主人は悲劇的な微笑をうかべた。――その女は、主人の娘だったのである。いや、池の底にあったのは、娘そっくりにつくった蠟人形だったのである。いやいや、それもまだ正確ではない。その蠟人形は、蛍光灯とともに、水底ではなく、橋の裏側にうつむけにとりつけてあったのである。……

――私は、その宿の池に装置された蛍光灯をみながら、こんな空想をほしいままにした。蛍光灯は橋の裏側にとりつけてあるということであった。しかし、いくら池の傍にたち、眼をこすってみても、その青い光は、たしかに水の底から息をしているような錯覚から解いてくれなかった。

＊

温泉そのものを利用した犯罪として、いつか考えついたことがある。それは、女湯と男湯との隔壁が底の方でつながっているものがよくあることである。山形県の某温泉にいったときにも、底をくぐって女の湯の方へ顔を出した悪戯者があった。私ではありませんよ。

これをただ、一方から一方へくぐって、背中に短剣でもつきたててもとに帰るというだけでは単純すぎるが、湯けむりを利用してはじめから男が女湯の方へ入っているとか、両方にいる男女の数の出入を複雑に操作すれば、立派な本格的探偵小説ができあがるし――実際にも犯人のわからない殺人が出来はしないかと思うが――まあ、本気にはあんまり考えない方がよろしかろう。

＊

熱海の緑風閣はいい宿である。江戸川乱歩氏なども絶讃されている旅館だが、いつもゆくたびにへんな錯覚をおこしてこまる。

部屋に通されて窓からみわたすと、蒼あおとした海ははるか下にあるし、夜になると熱海の灯がまるで宝石をちりばめたようにみえる絶景で、どなたにもおすすめできるが（別に緑風閣からもらってるわけではありません）とにかく、たいへん高い部屋にいるような感じになる。それで、外へ出ようとすると、必ず部屋から階段を下へ下へと降りてゆくのである。ところが玄関はもっと上にあがらなければならないのである。

つまり緑風閣は、魚見崎の往来に面するところは一階建の小さな外見であるが、絶壁に沿って下へ大きくひろがっているのである。この錯覚を利用すれば何とかなりそうだねと、いつも友人の探偵作家高木彬光氏と話すのであるが、たいへんいい宿だから、ここで殺人事件を展開させるわけにはゆかない。

そのちょっとさきへゆくと、有名な自殺の名所錦ヶ浦がある。なるほど、のぞいただけでもフラフラとなりそうな美しい碧潭《へきたん》に、サイダーをぶちまけたような、泡、珠、飛沫《しぶき》が豪壮な海潮音を奏で、きいてみると、一年間にその日数の半ばにあたる人数の自殺者があるということであるが、そうだとすると、二日間、その下の岩かげに小舟でも浮かべていれば、弾丸のごとく落下してくる自殺者が目撃できる勘定になる。シロシロとかシロクロとか、そんなけちくさい下司な見世物にあきはてた快楽中毒者は、大いにすすんでこの心中見物におでかけになるがよろしい。この悲壮痛絶のショウはいかなる探偵趣味をも超越している。そして、そんな見物人がガンばっていると知れば、ばかげた心中狂どもも熱が下がると思うが、しかしアプレゲールの心中はどうだかわからない気もする。

# わがホーム・グラウンド

探偵小説の諸先輩は「新青年」から誕生された。戦後の方々もその素養は「新青年」から学ばれたようである。ところが、私はどういうものか、戦前殆ど「新青年」を読んだことがなかった。吉田首相の施政演説は、演説するときがはじめて自分の草稿にお目にかかるときだそうだが、私の探偵小説の処女作時代も、ほぼそれにちかいものがあるようだ。いったい、どういうわけで探偵小説を書き出したのか、その素質的なきっかけが、じぶんでも未だにわからない。

だから、最初は面喰らいつつ書いたものである。学校へいって友達の顔さえみれば、「おい探偵小説のタネはないかないか」とせめたてる。「あるある。自動車がきたとき、急に傍の男をつきとばしてやったらどうだ」「それだけか」「それだけだ。夜なら、わからんぜえ」「わからんかも知れんが、それだけじゃあんまり呆気なさすぎるようだなあ」というような始末であった。

促成栽培の証拠歴々たりで、先日ある必要から、自分の作品のうち、曲りなりにもなんとか取柄のありそうな奴をえらび出してみると、なんと探偵小説が三割くらいなものであった。これでこの全集の仲間入りをさせてもらうのは、われながら、気がひける。

しかし、探偵小説は、その就職（？）のきっかけがわからないだけに、父母未生以前の郷愁のようなものを感じるのは、争われんものである。しかも書くむずかしさがトクとわかっただけに、結局私は敬愛の念を以て、一生探偵小説から、少くとも片足をはずさないだろう。

そして、これから未来唯一作でも、是非とも万人驚倒の本格的探偵小説を書きたいという、うぶな無鉄砲な野心を未だに失っていないのである。

# 探偵実話「練絲痕《れんしこん》」に就いて

篠田鉱造著『明治開化奇談』という本を読んでいたら、次のような記事が出ていましたので、お知らせします。

明治二十三年、ラージ事件という殺人事件が勃発しました。これはその四月四日夜、麻布鳥居坂で、当時評判の高かった東洋英和女学校の校内で、校長E・S・ラージ女史の良人、米人宣教師T・ラージ氏が、怪賊二人に襲われて殺害された事件でありました。国際的事件だけあって、警視庁は必死に犯人の捜索につとめましたが、ついに迷宮入りとなりました。(但し、それから十三年後、明治三十五年に至って、犯人は明らかになりましたが、満十ヶ年の時効にかかっていたので、ついに不起訴となったそうであります)

ところで、事件からわずか十一日目、即ち四月十五日から「山梨日々新聞」に、靄渓学人作「練絲痕」と題する小説がのりはじめました。明らかにラージ事件をとりあつかい、第一回「恋慕」、第二回「無惨」、第三回「疑惑」、第四回「離別」、第五回「沈思」、第六回「履歴」、第七回「病床錦」、第八回「怨言」、第九回「嫌疑」とすんで、突如掲載中止となりました。

それは、この作品が警視庁の目にとまり、捜査陣が五里霧中に彷徨中、この国際的事件を盛って、しかもその犯人の星をついたような書き方は、何かこの事件の核心にふれている者のしぐさではないかと、作者をとり調べその根拠を求めるに至ったので、作者はついに筆を投げたのであります。

ところで、この作者でありますが、昭和九年七月、宮武外骨翁が偶然この作品を発見し、翁の「公私月報」第四十七号に記したところによれば、この靄渓学人こそ、当時十八歳の慶応義塾学生、甲州の人、小林一三その人だそうであります。

ちなみに、涙香の「無惨」が発表されたのは明治二十二年九月でありました。それから「練絲痕」というのは、処女の接吻という意味だそうですが、こいつは小生にとって、ラージ事件よりわけがわかりません。

右の記事、事実なりや否や、小林一三翁の伝記か自叙伝でも読むと、或いは出ているかも知れません。乱歩先生は御存知なき由、記録として会報に書いておけとのことでありますので、とりあえず報告して、同好の士の御調べを乞う次第であります。

（右の記事に対し小生より、犯人についてお尋ねしたところ更に左の御回答を得たので併せて掲載します。朝山）

＊

「ラージ事件」の件につき犯人がどうして分ったかとのお尋ね、あの原稿は事件のことを書いたのではなく、小林一三翁の小説のことを書いたので、原稿節約いたしました。

あの犯人がどうしてわかったかと申しますと、要するに刑事のシューネン深さのたまものであります。ラージ殺しのとき犯人はタバコ入れを遺留してゆきました。その後、同じような強盗殺人事件であげられた一人の男をクサイと感づき、その男の身辺を洗っている中、もう一人の男が浮び出し、その男の周囲を洗ってタバコ入れがその男の持物であるとの傍証をかため、検挙したのであります。ヤブレカブレのヤクザと士族でありました。とりあえず、刑事のシューネンは偉とすべきもいまの探偵小説のタネにはなりそうもなし。刑事苦心談のおソマツ。

# 探偵小説の神よ

探偵小説というものは、実にむずかしい。と、今更探偵作家がいってもはじまらないし、恋愛小説家は、恋愛小説はむずかしい、時代小説家は、時代小説はむずかしい、とコボすにきまってるが、小生は何でも屋だから、いろいろ経験の上、どうも探偵小説が一番分がわるいような気がする。尤も天分がないせいもあるが、また探偵小説に技癢《ぎよう》を感じている純文芸の作家などが実際に試みた作品にも、さして瞠目すべきほどのものは稀れらしいことを考えると、右の愚痴はあながちヒガミでもないようである。

結局は、いいつくされているように、要するにトリックの創造である。

よくいわれることがある。「読者を真に驚倒させるようなトリックは、そうそう考えられるものではない。まして月に三篇も五篇もかかなくてはならぬような日本の作家生活で、出ガラシになるより、ほかに職業をもって、とっておきのトリックを練りに練り、熟させるべきだ」と。

また、ハヤカワ・ポケット・ミステリー・ブックですら、まだ五冊ぐらいしか読んだことのない怠惰なる探偵作家たる私は、いつかこんな三分の理窟を考えたこともある。

「探偵小説なんか、古今のベスト・テンぐらいを読んで、その概念をつかめば、あとはもう読む必要はない（ベスト・テンは乱歩先生の著書にある）。沢山読むと、どうせ人間の考えたトリックだ、何を考えたって、どこかに似たようなものがあるにきまっている。それを知りつつかけば、良心にジクジたるものがあるから、決して迫力のあるものはできっこない。知らなければ、知らぬがホトケで自分の独創だと思いこみ、大いに情熱をもやして書くから、力作となる可能性がある。たとえトリックが大同小異でも、ほんとに知らなければ、小説がソックリになるなんてことはあるはずがない。――要するに、探偵作家なるものは、探偵小説など読まないで、アクビして天来の妙案がおちてくるのを待つにこしたことはない」

しかし、右の両論は、いずれも実際問題として空論のようだ。いい探偵小説をかくためにはやっぱり、年がら年じゅう探偵小説ばかり読み考え、書いていなければ、探偵小説の神は見はなしたまうようである。

ところが十年一日のごとく、探偵小説にカジリついていることは、三度三度ビフテキをくうがごとく、実に至難である。「精神一到何事カ成ラザランヤ」という言葉は真理だろうが、その精神一到がなかなか出来るものではない。これの出来る人を天才というのだろう。この点で、探偵小説界の先輩諸友には、まさに天才雲の如しである。しかも尚かつ名作雲の如くといえないところをみると、実に実に探偵小説という奴は！

# 変格探偵小説復興論

別に「論」というほどのものではない。

決してほめた話ではないが、こう翻訳探偵小説が洪水のごとく出版されると、広告をみるだけで満腹感をおぼえて、最近外国の探偵小説にはとんと不案内である。いや、こんなことをいうと、ていのいい嘘になる。はじめから外国のものにも日本のものにも不案内だと白状した方がよろしい。なまじ探偵作家のレッテルを貼りつけられているために、饅頭屋が饅頭にゲップを吐くのとおなじ現象らしく、これがそうでなかったら、かえって大いに愛読したのではないかと思われる。純文芸の一部の作家たちがポケット・ミステリを愛読するのは、きっとそうにちがいない。

それで、これからのべる意見は、この雑誌にとって全く場ちがいなのだが、近来ふと考えたことがあるので、異論のあることを重々承知の上で申し出てみる。

それは、日本の探偵小説がなぜ面白くないといわれるのかという話からはじまる。力量がない、才能がないといってしまえば簡単だが、戦後十二年を経て真の大作家がどれだけ出たか、指を一本おり、二本めを半分かがめ、三本めはというと思案にくれるようなありさまでは、百年たっても同じことだろう。ほかの分野にくらべて、これほど新人を待望し、これほど新人の出ない世界も珍らしい。

またたとえ百年に一人の大作家が出たところで、それで探偵小説が繁栄したり、探偵雑誌が面白くなるというわけにもゆくまい。

そこでこの「面白い探偵小説」について考えることがある。

戦前から、日本の探偵小説には本格物が少く、真の本格探偵作家はないといわれていたらしい。なぜそれが少かったかというと、本格物で面白いということは、実に至難だからだ。うまくゆくと、これこそ探偵小説の醍醐味、真骨頂であろうが、うまくゆかないと、それこそ箸にも棒にもかからないものができあがる。御覧のごとく、現実にその方が多いのだ。どうも本格物は変格物より、その危険率が大きいようである。だからこそ戦前の「新青年」は、いわゆる変格物を多く採ったのであろう。（このへんは、私は「新青年」をよく知らないから、あいまいであるが）

ところが、戦後乱歩先生が、本格物待望の声をあげられた。またいわゆる文壇的小説に飽きた一部の純文学作家が、一種の趣味でそれに共鳴音を発した。そしてまた、少数ながら精鋭なる探偵小説ファンは、いうまでもなくこの種のファンである。私もまたこれこそ探偵小説の本道だと思う。

しかし、これはもとより正論であるが、そのために変格物が萎靡《いび》してしまった傾向はなかろうか。待望の本格探偵小説も容易に出ない半面、戦前得意とした変格探偵小説も影をうすくしてしまったような感じはなかろうか。私たちは、乱歩先生の名作は、ほとんど変格物であったことを考える。そして、乱歩先生の高唱は、正論であるにしても、待望というより憧憬のひびきがこもっているのではあるまいか。

しかし、獅子の一吼は、たちまち有象無象の蠢動《しゅんどう》をひき起した。(失礼。むろん、私もその中に入る)――私のように本格探偵小説の才能皆無の人間までが、ついフラフラと変な気を出したくらいだから、その影響は深刻である。その悲喜劇は、現在も日本の探偵雑誌に狂演愚舞されているのではないか。面白くないのは主としてそのせいではあるまいか。私がそうだからいうわけではない。

公平にいって、日本人には本格物を創作する才能は乏しいと断言しても、だれもが否定できまい。

したがって、それが探偵小説の正道であることを認め、稀にその才能をもっている作家はいよいよ珍重した上で、私たちは精力を変格探偵小説に転換した方が、よほど雑誌の内容が面白くなるのではないか。

なに、いまだって面白いものなら、本格変格を問わないさ、という人もあろうが、やはりいまの風潮が、変格物ばかりかいていると探偵作家として肩身のせまいような気分を起させるところがある。私なども、よくもの悲しい顔で、そんなことをいう。

しばらく本格待望の声の音量を小さくして、その分だけ変格の声を大きくしたらどうだろう。そうしたら、さまざまの魚が、そのところを得て、泳ぎ出す。正直なところ、ゆきづまった本格物よりも、変格物の方に、まだまだ千変万化の工夫の余地があり、読者を驚異させ、ひきつけ、面白がらせる世界があると思うが如何。少くとも、もっと多数の読者を。

近代的怪談可なり、異常心理小説可なり、科学小説可なり、奇妙な味の作品可なり、また奇想天外なる截断面によっては、全く思いがけぬ人間地獄図が現出するかもしれない。そして、時と場合によっては、いままでの小説概念を超えた全然新形式の小説すら生まれてくるかもしれない。

日本の探偵小説とはいわない、少くとも探偵雑誌を救う最も現実的な一法とはいえないであろうか。

# 譲度《ゆずりたし》シャレコーベ

五、六年前紋付袴を作ったらウレしくて是非とも一着に及んで外出したく、どこかお知り合いにお葬式がないものかと（いや、正月だからそんな話はやめましょう）そこで正月には時刻到来とばかりそれを着こんでふらふら出歩くのはよろしいが、去年松の内に、その姿で酔っぱらって何処やらかシャレコーベ一つ買いこんできました。二万円の売値を二千円にねぎり、それを小わきに抱えていい心持でバーなどねり歩いたところまでは先ず昭和の一休をほうふつさせるばかり、風流でありましたが、爾来、クシャミをしたら腰の骨がはずれたり、ウンカのごとくフケが湧き出したり、眼が赤くなったり、数時間三十九度ぐらいの高熱を発したり、怪異ひんぴんなのにいささか恐慌を来しております。どなたか菩提心あつき方に喜捨いたしたく、ワレと思わん方は御一報相成り度し。美女の頭蓋骨なるは保証す。九九六―三〇四三。

# 不可能な妙案

五味康祐さんの長篇は、非常に面白いのに、未完のものが多いそうである。五味さんの長篇は私は読んだことがないから、その出来ばえについては何ともいえないが、私の読んだもののうちでも、結構面白いのに未完のままの作品がずいぶんある。

中里介山の「大菩薩峠」、谷崎潤一郎の「武州公秘話」「乱菊物語」、芥川龍之介の「邪宗門」、吉川英治の「恋ぐるま」等。

それで、あるとき、考えたことがある。ストーリーのある小説で未完だと、かえってその方が面白く感じられる場合もあるのではないかと。あるいは、もし結末のことを考えずに無責任に書いたなら、どんな面白い小説でも書けるんじゃないかと。

そこでまた考えた。いっそはじめから未完のつもりで――途中まで書いて、未完、ではは何だから、もったいぶって「第一部、終」とやってすますつもりで書けば、途方もない面白い作品が書けるのではないか、と。

しかし、再考するのに、おそらくこの手法は、可能なようで、だめだろう。それは、そのかたちだけは容易に出来るけれど、決して面白いものは出来ないだろう。なぜなら、はじめから途中で投げ出すつもりでとりかかれば、書く筆がどうしても投げやりになって迫力を失っているにちがいないからである。右にあげた作品でも、作者たちは決してそんな無責任な気持で書き出したものではないにちがいない。

それからもう一つ、推理小説で昔からよくいわれていることがある。

それは、万人をあっといわせる大トリックなど、そう簡単に出て来るわけがない。だから、ほかにちゃんとした職業を持って、一生に二作か三作書くつもりで、考えに考えぬいて書くべきだ、という論である。

実際、そういう例がないでもない。また常識から考えても、輪転機みたいな多産から古今の傑作が生まれて来る可能性は少ないだろうが——しかし、ほかのことをやっていて、推理小説の傑作を書くということも、出来そうでやはり出来ないことだろう。やはりこれは、明けても暮れてもそのことばかり考えていて、その中からやっと掘りあて、はじめて出て来るものではなかろうか。一生ただ一作にして傑作という例も、それはその時点における熱中期に生まれたものにちがいない。

――そうは問屋が下ろさないというお話。

# Ⅱ 自作の周辺

# 奇小説に関する駄弁

この作品（編註「男性週期律」）を執筆したときの想い出をかけということであるが、世間がセチ辛《がら》くって、一つ一つの作品に想い出なんぞ抱《いだ》いているヒマもない。尤もそれほど私は多作というわけでもないが、何しろ「酒か山田か、山田か酒か、鞍上馬《あんじょうま》なく鞍下《あんか》に人なし」といった状態が一ヵ月のうち二十五日をしめているのだから、そのせいだろう。よくは憶《おぼ》えていないけれど、ヒントはおそらくハヴロック・エリスの本か何か読んでいるときにでも起ったものだと思う。

探偵小説じゃないか、といわれる人もあろうが、他の方の作品はむろんみんな探偵小説だろうから、一本くらいこういうものもあってもいいと考えて、さしはさんでもらった。

と、いうのも別に理由のないことでもない。このごろ純探偵雑誌が不振であるにつけ、一冊の半ばは非探偵小説で埋めた方がいいのじゃないかという論が出て賛否両論というところだが、なんにしても探偵雑誌にあんまり縁もゆかりもない通俗的な恋物語などのせるのは変なものであることにまちがいはない。そこで私は、探偵小説ではなくっても、どこか作意が普通小説とは異った「奇小説《きしようせつ》」ともいうべきものをのせたらどうだろうと思う。

いま、私の考えている奇小説論をのべる余裕はないが、この作品はその見本の一つである。あんまりフザケすぎているとまた先生方から叱られそうであるが、むろん奇小説には千差万別の種類があり、いわゆる広義の探偵小説よりさらに広く考えるべきもので、なにもこのように野放図もなくふざけちらした戯文に限ったことではない。

# 離れ切支丹

　切支丹《きりしたん》に興味をもち出して集めた本は、南蛮物も合わせれば百数十冊にもなるだろう。すると、かえって切支丹小説が書けなくなった。

　切支丹に関心をもったのはむろん宗教的な意味でなく、芥川龍之介や北原白秋などに教えられた文学的な興味と、もう一つ異常心理学的な興味からである。「隠れ切支丹」はもとよりその双方からの対象となり得る。

「隠れ切支丹」には二つの意味があるだろう。一つは慶長元年の二十六聖人の殉教を血祭りに、以後三百年にわたる凄惨苛烈《せいさんかれつ》な弾圧のあらしのもとに、孤島と峡谷に潜伏してひたすら篤信護法の灯をかきたてて来た人々である。

　徳川初期の大目付北条安房守の宗門改め記録に「バテレン渡り候えば、或《ある》いは火あぶり、或いは吊《つ》るし或いは斬罪《ざんざい》に仰せつけられ候ゆえ、バテレンたびたび日本へ渡り申し候」とある。「にもかかわらず」というべきところを「ゆえ」とあるのがおもしろい。

迫害されればされるほど燃えあがり、かたくなになる殉教心理の秘密を、この二字が解きあかしている。バテレンのみならず、隠れ切支丹の魂もこれを原動力としていたことはいうまでもない。

もう一つ、さらにおどろくのは、それにしても――といいたくなるそのがん強さである。

私は日本人の特性に変わり身の早さをあげたいほどに思っている。よくいえば軽快俊敏《しゅんびん》、わるくいえば軽薄オッチョコチョイである。もし敗戦のときまずソ連軍が進駐していたら、いまごろは模範的な共産主義国になっていたのではないかと考えるくらいである。

そんな日本人の中に、ただ一つの信仰をこれほどがん強に護りぬいてきた魂のグループがあったとは。――なんら現世に利益があるわけではなく、他の世界からの理解者があるわけではなく、前途に曙光《しょこう》があるわけでもないのに、ただひたすら一つの教義を護りぬいてきたという例は、日本にはほかにないのではないか。

元治二年三月、長崎に天主堂が建立されたとき、三百年のあいだ潜伏していた切支丹がはじめてその姿をあらわした。その光景を報じたプティジャン師の手紙は、日本切支丹史上もっとも感動的なものである。

その天主堂の門前におそるおそる集まってきた一団の男女が、たんに見物に来たものと思って案内したプティジャン師に聖所まで導かれると、ひとりの婦人が一瞬祈って、プティジャン師にささやいた。

「ここにおります私どもは、みな貴師さまと同じ心であります」

そして、すがりつくようにいった。

「サンタマリアさまの御像はどこ?」

——にもかかわらずこの隠れ切支丹たちは、そのすべてが必ずしもプティジャン師の期待していたような切支丹ではなかったのである。それは三世紀にわたるすさまじい迫害のタガネにその教義はまったくわい曲され、まったく迷信化した「離れ切支丹」ともいうべきものであった。

最初に「隠れ切支丹」に二つの意味があるといったが、これがそれで、現代文化財的に関心をもたれているのもこの「離れ切支丹」の方であろう。げんにいまもその変形したマリア——「お納戸神」を信ずる人々は、カトリックの正統派を異端視して、じぶんたちこそ正統であると信じ「たとえほかの宗教は信じてもカトリックは信じない」と断言するまでになっている。

この「離れ切支丹」を珍奇な目で見ることはたやすいが、しかしよく考えてみると、たいていの宗教が、その教祖の精神から「離れ」てしまっているのではないか。

子供を京都の寺へつれていったら、「あのホトケさま、お金ちょうだいってあんな手しているのでしょ」と、いった。例の「拝観料」のせいである。

欲も得もない「離れ切支丹」の方が、どれほどかれんで敬愛すべきものかわかりはしない。

# 川路利良と警視庁

川路大警視は、蛤御門《はまぐりごもん》の戦いで大チャンバラをやったとか、西南の役で有名な警視庁抜刀隊を組織したとか、はじめてフランスへ視察にいったとき、汽車の中で脱糞して新聞紙につつんで窓から投げたというような逸話があるけれど、しかし決して「一介の武弁」ではなく、むしろ知的な人柄ではなかったかと思われる。

剣術は当時の薩摩武士として当然なことであるし、フランスにおける車中脱糞事件にしても、出物腫物《でものはれもの》ところきらわずで、はじめて異国に旅した人間としては、せっぱつまれば豪傑でなくてもあり得ることだ。

写真によって見ると、額ひろく、四角で、いかにも聡明な容貌である。

そして、ふだんめったに口をきかず、何の道楽もなく、メモ魔で、何でも自分でやらねば気がすまず、一応の剣術家でありながら維新前から平生二本は無用だといって一刀しかささないという合理主義者で、部下に対してはその私行に至るまで厳しい眼をひからせる一方で、病んだり傷ついたりした巡査には一々下宿さきまで見舞いにゆくことを忘れず、また西南の役では部下の苦闘を思いやって、自分も寝るのに毛布を使わなかったというような話を聞き、その生涯にわたってどんな場合でも沈毅冷徹な態度を失わなかったところを見ると、どうも後年の東条英機を思わせる一面を持っていた人であったような気がする。

これは悪口ではない。東条の持っていたいい一面との相似をいっただけである。そして、東条が憲兵司令官になったように、彼は、明治五年まず邏卒《らそつ》総長になった。彼をその地位につけたのは西郷だが、さすがに西郷は川路の資質をよく見ぬいていたといえる。

そして、ついで明治七年、川路は、大警視――初代警視総監となったのだが、彼は創始者として全力投球をした。のちの代々の総監のように、たんなる腰掛けではなかった。

彼の本願は、一種の警察国家を作ることにあったのではないかと思われる。明治九年に彼が大久保内務卿へ「我日本国ノ基本」と題して建白した文章の中に、

「政府ハ父母ナリ人民ハ子ナリ、仮令《たとい》父母ノ教ヲ嫌ウモ子ニ教ウルハ父母ノ義務ナリ。

誰カ幼者ニ自由ヲ許サン」

という一節があり、また部下への訓示「警察手眼《しゆげん》」にも同趣旨の言葉がある。

彼は、ただの権力欲ではなく、いい意味での警察国家を作ることが国民にとっての幸福であると、しんそこから信じて疑わなかったらしい。

もっともこれは、ただ警察における川路利良だけではない。明治初年のあらゆる分野における第一人者の大半が、それぞれの分野において抱いていた、よくいえば楽天的な情熱、悪くいえば野性的な独善の例であって、この信念が、彼らのほんとうの能力以上の働きをさせた理由の一つだ。そこに明治の栄光もあれば、闇黒性をもたらした。

「警察手眼」で、彼はいう。

「探索人たる者は胆力強勇にして、表裏反覆、臨機応変等その詐術に巧みなるを要す」

川路は、職務のためにはあえて権謀をめぐらすことにためらわなかった。この点は、東条よりも山県に近い。

西南の役勃発直前、彼は薩摩に、中原尚雄ら薩人の巡査を十数人派遣した。これが私学校に捕えられて私刑《リンチ》を受け、西郷暗殺のために帰郷したと白状して、ここに西郷が憤然として起《た》つ原因をなしたのだが、これが真実であったのか、あるいは決起の名目を作るために拷問によって無実の口供書を生み出したものであったのかは、いまに至っても水掛論である。

私としては、真実であったと思う。ほんとうに西郷暗殺を志したというより、そういう目的で派遣されたと白状させ、西郷を激発させることが川路の目的であったと思う。その理由の一つは、もし私学校が拷問によって無実の口供書を作ったのなら、あとで反論を許さないためにそこで中原らを処刑しそうなものだが、それをあえてせず彼らの生存を許したのは、彼らの白状が真実であると信じ、彼らを証人としてのちに是非曲直を明らかにしようと期したからではあるまいか、と考えるからである。

川路は、自分の恩人西郷のかかとの土を掘った。日本のジョセフ・フーシェといわれるゆえんである。

しかし彼は、おそらく大久保と同様、この際西郷を葬ることが国家のためだ、もはや西郷は日本にとって有害無益な存在であると信じて、この謀略に出たものと思われる。

そのあとの、いわゆる藤田組贋札事件における追及ぶりも同じだ。

明治十年ごろから拡がった大々的な贋札の出どころは、当時政商として急膨張しつつあった藤田伝三郎だとして逮捕したのだが、彼の狙いは、藤田の黒幕たる井上馨《かおる》にあったと思われる。川路とて薩長の権力争いに超然としてはいなかった――それどころか、一方で、汚職の世界ではその傍若無人なること井上と双璧であった同郷人黒田清隆には眼をつぶっていた形跡があるくらいだが――それにしても、維新の功臣であり、当時も大実力者であった井上を追いつめるとは、相当な度胸である。

『大警視川路利良君伝』に、彼の心事を推していう。

「それ車夫馬丁のわずかに数金を賭して博戯をなすあらんか、ただちに法律の問うところとなり、下等官吏の瑣末の公務を誤まり、僅々の私曲を営むあらんか、ただちに法文に照らしてなんら仮借《かしやく》するなし。しかるに事、顕官に連累するのゆえをもって、あるいは不問に付するがごときことあらば、人民これを何とかいわん。よろしくその罪を究め、なお一層の重きを加えて処断すべきのみ」

そして、「厳正忠直なる川路大警視が、緊褌《きんこん》一番、日夜探偵の歩を進め、まさに一大疑獄を起さんとせし、もとより、そのところなりとす」と、ある。

しかるに捜査半ばにして、明治十二年一月、川路は突如ヨーロッパへ警察事情調査のため出張を命じられ、パリにつくやいなやすぐに病んでベッドに伏したままとなり、ついに八月帰国の途につき、日本に帰って五日目にこの世を去った。明治十二年十月十三日のことで、彼はまだ満四十五歳の壮年であった。

これを井上の魔手が及んだとするのは考え過ぎで、川路が肺結核によって死んだのは事実だが、しかしヨーロッパへの派遣そのものは、必ずしも彼の望みではなかったと思われるふしがある。パリの警察制度の再勉強は川路の望むところではあったろうが、それにしても彼は前回の訪欧でいたく懲《こ》りた経験があったはずだからだ。車中の脱糞事件のことではない。

かつて大久保利通が、参議たちとの茶のみ話の際に、髯をなでながら川路を揶揄《やゆ》したことがある。

「川路さんはえらい男で、太平洋を朝飯前に横ぎりました」

聞いている者が小首をかしげていると、

「何しろサンフランシスコを朝飯前に出帆したら、船酔いのために朝食もとれないありさまになって、それっきり横浜に着くまで一食もとらなかったのだから、つまり朝食前に太平洋を横断したわけでごわす」

と、大久保は澄ましていった。――この挿話から見ると、前回のヨーロッパ派遣の帰国時、川路はアメリカを経由したのであろうか。

しかし、これほど船に苦しんだ男が、ふたたび好んで万里の波濤を越えてゆこうとは思われない。けだし、これも川路の強烈剛毅な責任感のゆえであろうか。

# 今は昔、囚人道路――山田風太郎〝地の果ての獄〟を行く

五月なかばに訪れた、月形町から三笠市へ向う、十四キロ一直線の、いわゆる峯延《みねのぶ》道路の両側には、早苗《さなえ》のそよぐ水田が眼の果てまでひろがっていた。沿道のあちこちに、水仙、白木蓮、桜などが同じ視界に咲いているのに、低いなだらかな丘の白樺や杉やカラ松は、まだ新芽のうすみどりにかすんでいる。いかにも牧歌的な風景である。

しかし、百年前、この一帯は、千古の大樹林が、まだそれほど広くない石狩川の水面に影を落しているか、河骨《こうほね》という水の中に生える植物くらいしか見えない茫々たる大沼沢地がひろがっているばかりであった。

太古そのままのそんな風景の中を、明治十四年五月、内務省の役人月形潔《つきがたきよし》一行が石狩川をさかのぼって来て、シベップトという土地に船をつけ、「ここらがよかろう」と、うなずきあった。

彼らは新しい大監獄を建設する土地を探しにやって来て、ここを選んだのである。

## 冬の寝具は薄い毛布二枚

それは明治十年の西南の役をはじめ、各地に発生した反政府の争乱で大量に生じた囚人たちを隔離するためであった。

こうしてその夏から、北海道における最初の大監獄として、樺戸《かばと》集治監がひらかれた。

樺戸とは、この一帯に生えていた河骨をアイヌ語でカバトというところから名づけられたものである。それはいいが、ここを選んだ月形潔が集治監の初代典獄（刑務所長）となったのだが、この土地の名まで月形村としてしまったのは、いかにも明治らしい野放図《のほうず》さだ。

内地からここにまず送られて来たのが、二千人あまりの凶悪囚たちである。以後、ここの集治監のいわゆるモッソウ飯を食った連中のなかに、贋札事件で有名な熊坂長庵とか、明治でも代表的な大盗五寸釘の寅吉《とらきち》とか、政治犯奥宮健之などがいる。寅吉は強盗にはいって巡査に追われたとき、板にうちつけてあった五寸釘を踏みぬいて、釘を足の甲に突き出したままついに逃げ切ったという獰猛《どうもう》な泥棒である。のちに大逆事件で死刑になった奥宮は、自由党の志士として、軍資金調達のため同志とともに強盗をやり、張り込んでいた警官二人を斬殺したという、いわゆる「名古屋事件」に連坐してここに送られたのであった。

その奥宮が、この集治監の内部の生活をこう書いている。

「夜間監房を閉鎖さるるや、各々空罐《あきかん》を打ち鳴らし、あるいは歌い、あるいは躍り、その喧騒ほとんど狂人の所為《しょい》にほかならず。だれ一人安眠するものなし」

愉しんでいるのではない。絶望のキチガイ騒ぎである。

雑居房は、排泄用の大桶と同居させられ、酷寒の北海道で、寝具は、薄いワラぶとんに、糸の見えるような毛布二枚。さっきモッソウ飯といったが、食事は、半分以上割《わり》麦のはいった飯に、朝が大根かカブの味噌汁だけ、昼が漬物だけ、晩がこれまた大根かゴボウの煮つけだけという、生きているのがふしぎなくらいのもので、事実栄養失調で死ぬ囚人はおびただしかった。ここは地の果て、この世の果ての牢獄であった。

ついで、翌明治十五年、この樺戸集治監の南方約二十キロの市来知《いちきしり》という場所に空知集治監が作られ、やはり二千人の囚徒が内地から送られて来た。

これには、凶悪犯もさることながら、加波山事件とか秩父事件とか静岡事件とか、当時政府を悩ました、当局にとっては凶悪犯よりもっと厄介な、自由民権運動の騒乱事件の連累者が多かった。それかと思うと、明治十五年、板垣退助が刺されて「板垣死すとも自由は死せず」とかいったという伝説を残した事件の犯人相原尚褧《あいはらなおぶみ》もここへ送られている。

この空知集治監は、監獄本来の目的より、すぐそばにある幌内炭鉱で働かせるために作られた。

明治初年、アメリカ人技師ライマンによって、幌内炭鉱が日本屈指の大炭鉱であることが報告されると、明治政府はこれを新日本の最大のエネルギー資源とすることを決定した。

そして、その石炭を輸送するために、幌内から小樽まで鉄道を建設した。実にそれは、東京―横浜、大阪―神戸につづく、日本で三番目の鉄道であったのである。それはラッパのような煙突のある機関車に、野生動物を追いのける大きな真鍮《しんちゆう》の鐘をとりつけた汽車で、「義経号」とか「静《しずか》号」とか「弁慶号」とか名づけられた。この優雅な名の汽車が、まだ道らしい道もない北海道の曠野と大樹海の中をまず走り出したのである。

ともあれ維新以来相つぐ内乱で、財政は火の車なのに、よくこれに着目し、よくこれを決断した新政府の首脳たちの眼力と胆力には感服しないわけにはゆかない。

それはいいのだが、この必要性と財政難の矛盾を克服するために、政府は、その労働力を囚人に求め、こうしてここに空知集治監が誕生したのである。

「囚人の死は費用の節約」

その労働は、悲惨というより凄惨をきわめた。明治二十六年、ここを視察した刑法学者岡田朝太郎の記録がある。

「……囚徒の使役は一日を二分し、十二時間を就業時間とす。一を夜間の就役に充《あ》つ。坑内に昼夜なければなり」

ナルホド。

「……飲料は河水なり。腐敗して飲料にたえず。この事情は囚徒に消化器病、下痢病を多からしむるに至る。……炭粉、岩坑ガス相合して遊動し、悪臭塵埃《じんあい》こもごも鼻口に入り、ついに囚人に一種の肺病――塵肺癆を誘起せしむ。……柿色の獄衣、一週日前後にして鼠色となり、月を閲《けみ》すれば闇黒色に変ず」

むろん、事故で不具者になる囚人が多い。しかも彼らは働かされた。

「空知にあるの囚徒もとより凶奸無頼の徒多し。しかれども、薄暮、手を失いしもの教導となり、盲者背後より前者の帯にすがりて、相連なりて監房に帰るの状を見るもの、だれかよく酸鼻《さんび》の情にたえんや」

まさに冥府の光景である。

さらに怖るべき記録がある。

明治十五年以来十年間に、この空知集治監では三百五十四人の逃亡実行者を出しているが、そのうち追跡して捕縛した者百十三人、斬殺ないし射殺した者六十七人という記録だ。

逃亡に成功した者は百七十四人ということになるが、人煙を絶する曠野の果てに、果して何人が無事に逃げおおせたか。

一方、樺戸集治監と空知集治監の距離がわずか二十キロなのに、その間連絡の法がないということは不都合であるとして、ここに道路を作ることが明治十九年に決定され、これまた囚人労働によって実行された。

わずか二十キロというが、このあたり、数メートルの竿をさしこんでも、根もとまでズブズブとはいってしまう深い泥炭湿地帯であった。この上に道を作るという難作業が、囚徒たちの人海戦術のみによって進められたのである。

彼らはすべて二人一組で、足は連鎖につながれていた。甚だしいのは、それに鉄丸まで結びつけられていた。そして騎兵銃を持った看守がこれを監視した。

一望の大湿地帯にどうして道を作るのか。

それには、まず二本の運河を掘り、それに水をみちびき、運河の間に土を盛ってそこを道路にするという法をとった。

材木を筏《いかだ》としてその運河で曳《ひ》き、これを道にならべて横たえ、その上に石狩川から浚《さら》って来た砂利を重ねてゆくのだ。で、――

筏を曳いているむれ。

材木をかついでいるむれ。

砂利をモッコで運んでいるむれ。

杭を打っているむれ。――

石狩の曠野にひくく垂れ下がる雲の下、粉雪をまじえた身を切るような寒風の中に、泥まみれになって働く囚人たちの姿は、まさしく地獄の壮観であったにちがいない。

政府にこの囚徒使役の案を具陳した太政官大書記官金子堅太郎の文書に次のような意味のことが書かれている。

「彼らはもとより凶暴な悪漢どもでありますから、その苦役の果てに斃《たお》れても当然の酬いであります。特にただいまのように国庫支出が多大をきわめている事態のもとでは、彼らを使役し、その斃死《へいし》によって人員を減少させることは、むしろ監獄費節約の目的にもかない、一挙両得の政略というべきであります。……」

金子は、帝国憲法草案の作製に従い、のちに法相、枢密顧問官になった人物である。

また、当時の内務卿山県有朋は、全監獄に命令していわく、

「そもそも監獄本来の目的は懲罰にある。司獄官たる者はこの信念にもとづき、罪囚をして耐えがたいほどの労苦を与え、ふたたび罪を犯す悪念を断たしめるべきである。……」

政府がこの方針なのだから、囚人は助からない。

## 囚人道路も今は大動脈に

彼らの中には、鎖につながれて労役に出て、路傍子供などにゆき逢うと、

「おうい、天皇陛下は御安泰か？」

と、よく訊《き》く者があったという。

こんな地獄の底を這いまわっている連中も天皇への忠節心を失わないのかと、はじめ看守たちも感動したが、その実彼らは、天皇さまがお亡くなりになれば大赦令がある、それしか自分たちがこの苦役をのがれる日の来る見込みはないと思って、その問いは天皇の死をひたすら待ち受ける必死の願いの声なのであった。

これがいまの月形と三笠をつなぐ峯延道路である。

ただ、こればかりではない。ついで明治十九年、同じく樺戸の囚人たちによって、旭川への百四十キロの道路の開鑿《かいさく》がはじめられ、また明治二十四年から、網走《あばしり》監獄の囚人たちによって、これまた旭川への道路開鑿がはじめられた。

この網走からの道路建設は、使役された千人の囚徒のうち、三百人が半年のうちに死亡したといわれる。その犠牲者の埋葬されたあとを人々は鎖塚と呼んだ。太政官大書記官の狙いは、よく達成されたのである。

このような大地獄図絵は、しかし百年の煙霧のかなたに押し流されてしまった。

そしていまや、峯延道路は牧歌的な農村風景の中を坦々と走り、札幌から旭川を経て網走に至る中央道路は、北海道の大動脈として、夜となく昼となくトラックとダンプカーがひしめき走っている。そしてまた幌内炭鉱は、石炭産業が全滅した中に、いまなお北炭の秘蔵ッ子として、不死鳥のごとく生きつづけている。

現代の眼からすれば、当時の権力者のヒューマニズムの欠如は指弾すべきである。しかし、現実的には、後代の北海道人はそこから多大の恩恵をこうむっているのである。

歴史にはしばしばこういうことが起るから困る。

## 囚人は北海道開拓の人柱

ピラミッドも万里の長城も、囚人ではないまでも、それに近い苦役から出現したものであろう。ヨーロッパ中世の大宮殿や大教会も、民衆の奴隷的労働から出来上ったのではないか。現代史においても、ドイツの奇蹟的繁栄は、悪名高い独裁者ヒトラーのアウトバーンの上に築かれたものではないか……。

われわれとしては、当時の、がむしゃらに、ただひたすらに日本の「近代化」に突進した馬上の指導者の鉄蹄のもとに、無慈悲に踏み殺されていった囚人たちを、発展途上国時代の日本に生まれたのが災難とあきらめてもらって、北海道開拓の人柱として、もって瞑すべしと祈るよりほかはない。

――とはいうものの、しかしいまでも、鎖をつけ鉄丸をつけて道路建設に使いたいような連中もありますなあ。下は、残忍無比、卑劣無比の犯罪者から、上は、貪欲無比、奸悪無比、国民の税金で私腹をこやす政治家に至るまで。――そうは思いませんか？

ともあれ、現代のわれわれは、いま月形の町に「北海道行刑資料館」として保存されている集治監の道具や文書、囚徒たちの遺品によって当時をしのぶしかない。

あとは、月形町の、楊柳そよぐ郊外に、そのころ囚人が釈放されたとき、遠くなるまでふりかえったという樹齢五百年の見返りの楡《にれ》、三笠市の空知集治監の典獄官舎跡に、ただ一本残っている煉瓦作りの煙突に、しゅうしゅうと百年来の風が吹いているばかりである。

# 「八犬伝」連載を終えて

いまごろ「八犬伝」とはアナクロニズムのきわみのようだが——実は、私の発想のもとは、「作家」と「作品」の関係を書いてみたい、ということにあった。

世の人は、しばしばこれを一心同体と考えるが、必ずしもそうではない。小説にかぎらず、絵でも音楽でも工芸でも同じだが、彼の作り出す作品は、彼の性格や生活とは必ずしも一致しない場合がある。ときには、むしろ正反対に見える場合さえある。そこに人間と、人間のいとなみの面白さがある。

「八犬伝」と「馬琴」はその典型だ、と私は考えた。

ただ格好な例だというばかりではない。「八犬伝」が三十年近くかかって書かれたものであることを思うと、それと並行して馬琴の生活を書けば、ほかの例以上に「作家」と「作品」の関係——この場合は一見「無関係」という関係だが——を如実に浮かびあがらせることができるのではないか。

そのためには、「八犬伝」の物語そのものを、ならべて提示する必要がある、と私は考えた。

この目的のためばかりではなく――かりにも他人の書いた小説を再現するなど甚だ横着なようだが、そもそも「八犬伝」は名のみ有名で、しかし一般の人はその物語をほとんど知らないのではないか、と思われるふしがあった。

実際、私がその原典をひらいても、これではいまの人が読めないのは当然だ、と認めないわけにはゆかなかった。文章もさることながら、まずその長さに圧倒されざるを得ない。私の計算によると、それは四百字詰めの原稿で約五千枚に及ぶ。そっくりそのまま掲載しても、新聞小説にして一千七百回となる。

しかもこれが、最初から終わりまで、会話の部分だろうが場面転換の部分だろうが、一切改行なしなのである。これを読み易いように改行し、かつ現代文に書き改めれば、さらに倍以上の長さになるだろう。

そこで私は、馬琴の説教講釈はむろん、枝葉の物語はぜんぶ切り捨てた。この圧縮にともなう処理としてちょいちょい手をいれざるを得ない事態が生じ、かつまた、いくら馬琴でもこの筋立ては安易稚拙すぎる、と思われたところにも多少変改を試みた。

この「虚の世界」を、馬琴が北斎に語る腹案という設定にしたのはそのためである。

しかし、私の目的の一つが「八犬伝」の紹介にもある以上、まったく別の物語になっては無意味なので、極力、ストーリーの大筋は原典に従ったことはいうまでもない。

文化文政から幕末にかけて一世を風びし──この漢字だらけ、講釈だらけのものを、女性まで愛読したというのは信じられないようだが──それのみか、明治のころまでひろく読みつがれた「南総里見八犬伝」とは、要するに私が紹介したような物語だと思われていい。

正宗白鳥は小学生時代、最も尊敬する人という問いに「馬琴」と答えた、といい、また、

「私は十歳前後のころ、八犬伝を通読したのだ。一生を通じてこれほど心酔した書物は無かったといっていい。（中略）あの作中の事件をそのまま信じて、自分にも玉の一つが授けられないものかと夢想していた。こんな愚昧な長ったらしい小説を、純白な幼い頭に侵染させたことは、今から回顧すると私の幸福ではなかったと思われる」

と、白鳥らしいことを書く。が、十歳前後にしろ「八犬伝」は、早熟な白鳥を酔わせたのである。

私は「八犬伝」と、馬琴の性格や生活が無縁のものであることを示すために、「虚

の世界」と「実の世界」を並行して書いたといった。それがいつわりでない証拠は、一方で馬琴が残したおびただしい日記に、「八犬伝」執筆の内面的労苦の記述が皆無であることからも明らかだ。また、彼ほど自分の書いている小説に自嘲の言葉を吐いた作家はない。

にもかかわらず、である。その虚しきわざに、老いたる馬琴は次第にのめずりこみ、死力をつくすのである。人は多く、若い日には自分の仕事の意味を疑う。しかも落日の老年に至って、かえって生涯の仕事に妄執をもやすことが多いが、この点でも馬琴はその典型である。それはやはり「無関係」ではなかったのだ。

「八犬伝」の完成へ向かっての、盲目の馬琴と文盲のお路の努力はただごとではない。実はこのふたりの苦闘の対象が、白鳥のいうように「愚昧な長ったらしい小説」であったという視点からでも私の「八犬伝」は書けるのである。

しかし、それはあまりにもいたまし過ぎる。——そういう視点もあり得るが、それにしても「南総里見八犬伝」の生命力の強さはなんとしたことか。「八犬伝」が完成してから百四十年たつが、「読まれざる傑作」といわれながらも、なおその作品の名は不死鳥のごとく原始の力でよみがえるのである。あるいは、いまから百四十年後、現代における小説は白鳥をもふくめてすべて忘却の中に消え去っても、なお「南総里見八犬伝」は世に伝えられているかも知れない。

# 山田風太郎、〈人間臨終図巻〉の周辺の本を読む

私は『人間臨終図巻』という本で、古今東西の有名人の死の様相を紹介した。上下二巻で九百三十余人に上る。

そんなものを書いた動機は、死についての宗教的あるいは哲学的な意図からではなく、まったく伝記的な興味からであった。はてな、あの人は、その事歴は知っているけれど、死んだのは何歳くらいで、どんな死に方をしたのかしらん？　と考えてみると、意外に知らない人物が少なくなかったからである。

たとえば、日本人なら、伊達政宗、護持院隆光、大岡越前守、鶴屋南北、間宮林蔵、安藤広重、勝海舟、川上貞奴、秋山眞之、竹久夢二、岡本綺堂、中里介山、西條八十……。

また西洋人なら、キャプテン・キッド、ダーウィン、サド侯爵、チェホフ、アラビ

アのロレンス、アンデルセン、フロイト……。

例をあげるとキリがない。いま東西古今合わせて、アトランダムに二十人あげたけれど、ふつうの人で、この人々の死について五人以上知っている人はまずいないのではあるまいか。私だって、実はこの本を書くことによってはじめて知ったことが多いのである。

これを書くにあたって参考にしたのは、むろんその人物の伝記またはその臨終に直接立ち会った人々の記録である。参考にするどころではない。私の想像を加えることは許されない性質の本なのである。

そこで、「伝記」なるものについての感想が生じた。

第一に、何となく可笑《おか》しかったのは、伝記の一種として自伝があるが、いかに自分を語ることに饒舌でも、人間は自分の死について記録することができない、ということであった。

自分の死について書いたもので、いちばん信用できる描写は、やはり漱石の『思い出す事など』だろう。数え年四四歳の漱石は伊豆・修善寺で、胃潰瘍《かいよう》を病んで大吐血し、三十分ほど意識を失った。そのことを漱石自身はまったく知覚することができなかった。それをあとで知ったとき、「余は死とは夫程《それほど》果敢《はか》ないものかと思った。そうして余の頭上にしかく卒然と閃《ひらめ》いた生死の対照の、如何《いか》にも急激で且《かつ》没交渉なのに深く感じた」と彼は書く。

死とはまさにこのようなものであろう。それは完全な無だが、無の自覚もないのである。

そう思うけれども、やはりこれは死ではない。その三十分の間、漱石はたしかに「生きて」いたからである。

この本を書くにあたっては、伝記以外にも死についての研究書を何種類か読んだ。スウェデンボルグの『霊界からの手記』(経済界)をはじめ、いったん死んだと認められて蘇《よみがえ》った人々の記録などである。

この中で面白く感じられたのは、それらの記録に共通して、〝死んだあと高いところから――天井あたりから、死者となった自分自身やそれをとりまく人々を見下ろしている時間がある〟という記述があることであった。

とはいえ、これらの記述者だって、やはりほんとうに死んでいたわけではない。

「伝記」を読んで、第二に感じたことは、日本にはほんとうにいい伝記が少ない、ということであった。

いま名著として思い浮かぶのは、阿川弘之『山本五十六』(新潮社)、後藤杜三『わが久保田万太郎』、三國一朗『徳川夢声の世界』（ともに青蛙房）など、主として文学者についての伝記で、十以上もあるかないか。特に明治以来の政治家や軍人の伝記など、なんの感動も興味も与えない頌徳表《しょうとく》に過ぎないものが多い。

これが外国人の伝記だと、『マリー・アントワネット』（みすず書房）、『ジョゼフ・フーシェ』（岩波書店）などのシュテファン・ツヴァイクの伝記文学をはじめとして、実に面白いものが多い。それは主人公が欠陥や悪徳もかねそなえた血も涙も糞もある人間として描かれているからだ。

「伝記」は一般に、労多くして功少ない仕事である。日本でいい伝記が少ないのはそのせいもあるが、しかし私が考えるところでは、日本独特の風土――遺族によるクレームの多いのもその理由の一つではなかろうか、と思う。

伝記を書くにあたっては、どうしても遺族の協力がなくてはならないが、日本では故人を神格化する遺族が多くて、その弱点や暗部を描くことを許さないせいではあるまいか、と思う。たとえ妻子兄弟でも、ある人物の全貌を知っているとはかぎらず、むしろ彼らに見せるのはその人物のほんの一面にすぎないのだが。――

とにかくクソ面白くもない頌徳表的伝記や、あるいはウエットなクレームから、時によっては伝記の成立さえ不可能としてしまう日本的風土にあっては、結局その興味ある人物をこの世から隠滅させてしまうことになる。

第三に面白かったのは、その人物が父である場合、それについて書くものがその娘である例が多いということであった。ふしぎに息子である場合は少ない。鷗外における小堀杏奴《あんぬ》や森茉莉《まり》、露伴における幸田文《あや》、萩原朔太郎における萩原葉子、室生犀星における室生朝子など、数えあげればキリがない。こういうことにも異性の牽引力が相働くのか――娘が書く父の像は、それこそ神格化の見本である。その点、微笑は誘われるけれど――そして、たしかに幸田文さんに見るように極めてすぐれた文章もあるけれど――その描写や見解が、盾の一面に過ぎないと思わせられることが多い。

「伝記」以外の本で興味があったのは――本というより言葉だが――その一つに『徒《つれ》然草《づれ》』の「死は前よりしも来らず、かねて後に迫れり」という一節だ。だから〝そのときにあわてないようにひたすら仏道に心をいれよ〟というのだが、私が感じたのは、〝とにかく兼好法師のころは、無常とはいうけれど、死にあたってこのように頼りにするものがあった、今は何もない〟ということであった。

私ばかりではない。世の人の九〇%までは〝何もない〟。そして、何もなくても平然としているということがふしぎである。といって、ではほんとうに平然としているか、というとそうでもないのである。それは『人間臨終図巻』にもれきれきとして現れている。

そして、これはまた同じことなのだが、フィリップ・アリエスの『死と歴史』（みすず書房）であったか、「昔の死に立ち会う者は司祭であったが、今はその役に当たっているのは医者と看護婦である」という意味の記述があった。いまは西洋人も同じことなのである。

それからまた、昔、人は家族知人に見まもられて、家で死ぬことが多かった。現代では大半の人がコンクリートの病院で、医者と看護婦と「近代的医学」にまもられて死んでゆく。しかしこの『人間臨終図巻』で見るかぎり、その苦しみはどっちも同じように見える。

# 二重の偶然

私の処女作は、一応、昭和二十二年「宝石」新年号掲載の「達磨峠の事件」という推理小説ということになっている。

これは二重の意味で偶然にちかい。

二重というのは、まず第一に、私はそれまで雑読家ではあったが、特別に推理小説の愛読者ではなかったからである。呆れたことに、シャーロック・ホームズさえまだ読んだことがなく、読んでいたのは江戸川乱歩の諸作くらいで、それも少年時代のことだ。

それがなぜ探偵小説など書いたかというと、前年「宝石」という探偵小説雑誌が——いま「旧宝石」と呼ばれる——創刊されて、そこで懸賞小説を募集しているのを見たからで、その懸賞金が欲しかったからだ。

さいわい私は当時医学生で、当然「法医学」をかじっていた。いまでは一般人のだれでも知っている程度の法医学の知識も、そのころはまだ珍しかった――と、私は感じていた。そこでその初歩的知識を使って書きあげたのが、右の「達磨峠の事件」である。

なんでも焦土の中の真夏の下宿で、進駐軍配給の罐詰のコンビーフを、しかも少し蛆《うじ》のわいたやつを、「蛆だって蛋白質だ」とムシャムシャ食いながら書いたのを記憶している。私は二十四歳であった。

これがふしぎにも七人の当選者の一人となって、めでたく賞金を頂戴した。たしか千円だったとおぼえている。

この作品は、選者の乱歩先生がのちに、「山田君はまだ医科大学生であったが、当選作はありきたりの探偵小説で、後の奇想縦横の作風を見せた山田君の作品としては甚だ穏健なものであった」(『探偵小説四十年』)と評されたような平凡なものであった。

だから私自身、この「処女作」を単行本にも入れていない、と思っていた。――実は、それでも一度短篇集に入れていることを後に発見したが――それほど自分でも、内容に関するかぎり印象の薄い作品である。

ただ当時、たしか預金引出しが一世帯一ヶ月三百円だけ許されるという時代に、貧乏大学生に突如天から降ってきた千円という金は、奇蹟のごとく感じられた。その記憶のほうが強い。

また、このとき宝石社のほうで、七人の当選者を呼んで、焼跡の中の、いまの目からすると料理屋ともいえないような料理屋で御馳走してくれたが、酒も公然とは許されない世の中で、ヤカンのお茶のごとく見せかけた闇酒の宴であったが、それだけにその好意はいまも忘れない。

そのときはじめて乱歩先生にもお目にかかった。

「へへー、江戸川乱歩って人はまだ生きてたのか」と心中目をまるくしたほど探偵小説の世界に無知な私であったが、これを機会に、のちに、いいだもも氏から、山田風太郎は昭和三十三年の忍法帖によって、はじめて江戸川乱歩の影響圏から脱出した、と評されたような状態になる。

つまり、この探偵小説の処女作以来、シャーロック・ホームズさえ読んでいなかった人間が、乱歩に呪縛されて、けっこう一人前の探偵作家みたいな顔をして約十年暮すことになったのであった。これが二重の偶然という二つ目の理由である。

とにかく右の次第で、だから私は、「処女作はその作家の未来をすべて孕《はら》んでいる、といわれるが、私の場合それはあてはまらない」というようなことをどこかに書いた

らしく、それを読んだ縄田一男さんが、

「山田風太郎の処女作として頭に浮かぶのは『戦中派不戦日記』である。刊行されたのは後年だが、この日記こそ処女作にふさわしい」

と、いった。なるほどこれは昭和二十年の日記だから、こっちのほうが先である。ただ日記を「処女作」と認められるならばである。

もっとも、そんなことをいえば、さらにそれ以前、中学生のころ旺文社の受験雑誌に、八篇ほど掲載されたほうが早い。実は山田風太郎というペンネームはそのときに使用したのを、のちに踏襲したものである。最初は昭和十五年、私が十八歳のときであった。

何しろ中学生だから、いま数行と読むにたえない稚拙なものだが、ふしぎなことに、いままで旅行して地方の老医などと酒を呑む機会があったとき、山田風太郎の名はよく知っています、ただしいまのあなたではなく、中学時代の山田風太郎です、と、いわれたことが何度かある。しかも、「実は私も当時小説家になりたいと考えてたのだが、あれを読んであきらめました」と述懐した人が、一人ならずあった。

べつにお愛想をいうタイプでもなかったから、稚拙は稚拙なりに、中学生同士の脈波というものがあって、その印象がいまだに残っていたらしい。

## 〝鬼門〟の門に挑む——夕刊小説「明治十手架」を終えて

原胤昭《たねあき》という人物には、以前から興味を持っていた。幕末まで江戸町奉行所与力で、明治以後、いわゆる文明開化のころ、キリスト教の教誨師《きようかいし》となり、さらに明治中期から昭和に至るまで免囚保護に余生のすべてを捧《ささ》げたという履歴に、世の常ならぬ人物だという伝奇的興味をそそられたからである。

それでいままでにも私は、「幻燈辻馬車」「地の果ての獄」などいう作品で彼を扱ったことがあるが、しかし、これらの小説では、彼はあくまでも脇役であった。その原胤昭をはじめて主人公として登場させたのが「明治十手架」である。

明治十六年秋、絵草紙屋をひらいていた彼は、「福島事件」の自由党壮士たちを錦《にしき》絵《え》に仕立てて罪せられ、三か月石川島監獄に入獄し、そのあげく腸チフスにかかっていちどは死んだ。そのときのことを、彼は大意次のように語っている。

「どこかで、三百十六、三百十六、と私の牢名を呼んでいるような響きがした。ついに呼びさまされ、知覚は回復した。

眼をあけて、あたりを見まわすと、着衣もない、板の間にまるはだかだ。幾人かの囚人がのぞき、ワヤワヤいっている。よかったなあ、三百十六、おめえよかったなあ、生き返ったのだぜえ、そら脇を見な、みんな死んだぜえ。

左右を見返すと、居ならぶ丸裸はみな前日まで枕をならべていた重患囚人たちの死《し》屍《し》るいるい、私の身の毛はよだった。のぞきこんでいた囚人たちは、これらの死骸や私を早桶へおしこまんと片付けに来た人々であった。私はからくも棺桶のふたのとじられないうちに知覚を回復したのだ。私は、アア神様、アア神様、と絶叫した」

この日をもって「再生」した彼は、

「私はこの牢獄生活ですっかり囚人の惨苦をなめ、囚状を察した。泥棒というものは、決して天然自然に湧《わ》き出るものではない。それなのに、前科者はなぜまた行《や》るか。

――」

と、深い思考に沈み、以後監獄教誨師と、さらに免囚保護に人生を捧げることを誓う。

それらの体験と思考を、彼はのちに「出獄人保護」あるいは「前科者は、ナゼ、又、行るか。」というような著書として残しているが、それらはむろんキリスト信仰者としての信念につらぬかれているけれど、決して天上のセンチメンタリズムではなく、囚人の実態を知りつくした実務者としての具体的な記録となっている。「出獄人保護」など七百数十頁に上る大著だが、いろいろ法律や統計など出ていて、むしろ面白くない本だが、それでもこの人物特有の熱血と活気が陰顕し、「前科者は、ナゼ、又、行るか。」に至っては、元与力のべらんめえ調さえ出ている。特に後者など、表紙に「神田の原胤昭」と名乗っているのは、いかに彼が名物男であったかを物語っている。

手がけたことが社会の暗黒面なので、いまではほとんどその名を知る人もないだろうが、しかし明治から昭和前期にかけて、前科者が極度に差別された時代に、あえて独力でその保護に生涯を捧げた民間人として、農民のために戦った田中正造とならぶ二大義人といえるのではあるまいか。

原胤昭のこの事業を支えたのはむろんキリスト者としての信仰だろうが、しかしそれに劣らず、彼が少年時石川島人足寄場見廻り与力であったという履歴が影響していたにちがいない。彼はこの履歴を何よりの誇りにした。

彼こそは、監獄ではない人足寄場なるものを創設した長谷川平蔵（池波正太郎さんのいわゆる「鬼平」）の正統の後継者であったといえる。

とはいえ原胤昭としては、明治十六年以後、自分が教誨師として「再生」したあとの生涯を描いてもらいたいと考えるにちがいない。しかし、それは私のニンではない。私はあえて事歴のおぼろなそれ以前の、彼の青春期を題材とし、これを伝奇小説化した。

伝奇化したので、内容はほとんど私の想像にかかる。——ところで、胤昭を狙う、特殊能力者十人の悪党が、やがて共喰《ともぐ》いの決闘五番勝負をやるストーリーは最初から想定していたが、そのだれとだれを組合せるかは、それがはじまるまで実はまったく白紙の状態であった。

その組合せが、あやういところでうまくいったとき、作者はみずから快哉《かいさい》を叫んだことを白状する。

それにしても「明治物とキリシタン物は大衆小説の鬼門だ」といったのは、たしか吉川英治だが、私はその二つの門へいっしょに突入したわけである。

# 悲壮美の世界を

だいぶ昔のことだが、当時の「小説現代」の編集長に、「ひとつ股旅小説を書いてみる気はないか」と、すすめられたことがある。

そのとき私は、この分野における長谷川伸とか子母沢寛などという大人《たいじん》の作品を――実はそんなに読んだわけではないが――思い浮かべて、「いやいや、僕などとても」と、たちどころに辞退した。

そのときは、股旅小説など自分のニンではないと辞退したけれど、しかし心の底で、実は、「作家などという職業は、ペンという長脇差一本で、各新聞社や雑誌社という一宿一飯だけをたよりに、裸で吹きさらしの旅をする渡世人と同じようなものだ」と苦笑してつぶやく同類感がどこかにあった。

それがあるとき、例の有名な荒神山の大喧嘩が慶応二年のことだと知って、はてな、それなら明治のわずか二年前の話じゃないか、と、そのことに興味をもよおした。

それまで私は、漠然と荒神山の一件は、幕末ももっと早い時期の騒ぎだと思っていたのである。

いわゆる勤皇の志士たちが倒幕運動に血道をあげている一方で、ばくち打ちは賭場《とば》の争奪に血まなこになっていたのである。同じ夜明け前の時代、同じ地上で、大と小のちがいはあるが、同じ縄張り争いの修羅場をくりひろげていたのである。

この発見をしていれば、右の編集長にすすめられたとき、私はこの物語を書いていたろう。

この発見が、私にとっておそらく唯一のものとなるだろうこの長篇股旅小説（編註『旅人 国定龍次』）を書かせるきっかけになった。

そして、天下取りを志すどんな志士よりも、もっと純粋な熱血を持つ一人の若い遊俠児を主人公としようと考えた。けっこう策謀的なところの多かった志士たちにくらべて、この男は無鉄砲、単細胞のキャラクターとする。

彼を主人公として描き出される屍山血河の世界は、単純無比の男だけが生み出せる「悲壮美」の世界である。そうあらしめたい、と願って書き出したのがこの作品である。

また彼を彩る群像として、当時実在した有名な侠客たちをすべて動員した。なお国定忠治に遺児があったという話は決して架空のことではなく、本篇にも登場するが、その遺児が倒幕運動のゲリラ戦に参加して処刑されたのは史実である。忠治と同郷の詩人萩原朔太郎は歌った。――

「見よ此処《ここ》に無用の石
路傍の笹の風に吹かれて
無頼の眠りたる墓は立てり」

これは忠治に対してのみならず、その遺児にも捧げられるべき悲歌である。

# 「婆沙羅《ばさら》」について

婆沙羅とは梵語であって、異様に綺羅《きら》を飾った風俗のことをいう。室町時代の流行語だが、たんに服装のみでなく、その人間の度はずれした自由奔放の性情をもあらわしていたらしい。

室町期に材をとった作品を書こうと思いたって、その前奏曲として南北朝に関する諸書を読みふけったとき、私がいちばん興味をおぼえたのは、「太平記」に登場する婆沙羅大名佐々木道誉であった。

南北朝は忠臣の軍記というより、叛逆者の大図巻だが、この謀叛、背信、裏切りの大乱舞のなかにあって、この方面の達人としてひときわ目立つのが道誉である。

そういう悪徳の親玉的行状をほしいままにしながら、彼はむしろその乱世を手玉にとって、それどころか悠々と人生をたのしんで絢爛《けんらん》と生きぬいたかに見える。

後醍醐天皇、足利尊氏、足利直義、楠木正成、高師直、兼好法師、世阿弥などという、それぞれ一通りでない難物たちを相手に、彼はみごとに切りぬけた。

私は婆沙羅を、たんに風俗、生活のみならず、度はずれた傍若無人の性格の持主といったが、もう一つ「神をも怖れぬ」という形容をつけ加えたい。

こういう人物は、西洋人にはある。というより西洋人の大半はこの性格を持っているといっていいかも知れない。が、日本人にはきわめて珍らしい。

この作品を書いて、ある人から、婆沙羅の系譜をつぐ人物の列伝を書いたらどうか、といわれたが、「さあ?」と私は首をひねったきりであった。奇矯な行状をほしいままにした人物はほかにも例がないではないが、「神をも怖れぬ」という形容を冠するに足る人間は、律気な日本人にはまず思いあたらない。——まあ、徳川初期のかぶき者、旗本奴《やっこ》、町奴などが、その遠い、小さい子孫といえばいえるだろうが。

いや、ただ一人ある。それは信長である。彼こそは室町末期に出現した大婆沙羅である。

そして信長ほど巨大ではないけれど、この佐々木道誉は室町初期に登場して、その最初の見本を見せた婆沙羅の原型にちがいない。

ああ、もう一人あった。

見方によっては、信長以上の超婆沙羅が。――

私の「婆沙羅」は、この佐々木道誉という婆沙羅が、最後にこの超婆沙羅に逢着するまでの物語である。

# 私にとっての『魔界転生』

私がいままで書いてきた数多くの「忍法帖シリーズ」の中でも、一番いい作品と思っているのが実はこの『魔界転生』なんです。

『魔界転生』が生まれるきっかけは、柳生十兵衛を扱った三部作(『柳生忍法帖』『魔界転生』『柳生十兵衛死す』)の最初の作品『柳生忍法帖』を書き終えるころ、今度は本当の意味で十兵衛を主人公にした作品を書きたいと思ったのが始まりなんです。『柳生忍法帖』での十兵衛は、敵に復讐する女たちを助ける役だったですからね。

今度は十兵衛が主人公となって敵と闘う作品を書くと決めて、真っ先に考えたのが現代に名を残す剣豪達と十兵衛を対決させたい、ということでした。強い奴と強い奴の闘い、というのは誰もが見たいと思う夢のようなことですからね。しかし、いざ書こうと思うと難題にぶつかるんです。宮本武蔵をはじめとする剣豪達の全盛期が十兵衛と多少ずれているんです。対決させるにはお互いが心身ともに全盛期でなくては面白くありません。そこで、出てきたアイデアが一度死んだ剣豪達が、秘術を使って全盛期以上の力を獲得し、転生するというものでした。

私がいうのはおかしいけれど、「忍法帖シリーズ」で面白い作品というのは、二つの要素からなっているんです。一つは忍法のテクニック、もう一つは決闘に至る状況設定なんです。この点で、自分でも本当に出来がいいと思っているのは「忍法帖シリーズ」の中で十作品ぐらいしかありません。その中でも『魔界転生』は一番よく出来ていると私は思っています。ですから、一番いい作品だと冒頭で述べたんです。

ところで、よく周りの方々に「忍法帖シリーズ」に登場する奇抜な忍法のアイデアはどうやって考え出すのですか、と質問されるんですが、私の場合、机の上で原稿に向かって頭をひねって考え出すアイデアに面白いものはないんですよ。いいアイデアの多くは、日常生活の中でフッと浮かんだものなんです。例えば、朝食後に椅子から立ち上がった時なんかに思いついたようなアイデアが実にいいんです。そうやって生まれたアイデアを原稿に書く時は本当に楽しいですね。いたずらをする時のような気持ちになります。

今回、このように私が気に入っている作品『魔界転生』が劇画化され、本となるのはとても嬉しく思っています。私も子供のころよく絵を描いていました。軍艦なんかをね。描きすぎてペンだこが出来るぐらいだったんですよ。そこそこ絵は上手だったと今でも思っていますが、とみ新蔵さんには負けますね。これだけ迫力があるいい絵を描いてもらって面目躍如ですよ。

柳生十兵衛は私が魅力を感じる剣豪の一人です。剣術は凄腕、大名の長男であるのに家を継がず、浮浪人のような生活をおくる姿なんかにね。私もそういった自由な生き方をしたいという心は持っているので、きっと魅力を感じるんでしょうね。この劇画『魔界転生』では、その十兵衛がよりいっそう魅力的に描かれているので本当に嬉しいです。

（一九九九年　春）

# Ⅲ　探偵作家の横顔

# 日輪没するなかれ

大乱歩は日本探偵小説の太陽である。余はその光茫をあびてかがやく惑星にすぎない。

私は無数の探偵小説を読み、そして忘れた。しかしながら乱歩氏の作品のみは脳裡に極彩色の残像を結んできえない。この原始的とでもいうべき印象の強烈さはどこからくるのだろうか。着想の奇抜にして濁りなきこと、文章の柔軟にして執拗なこと、構想力の巨大にして華麗極まること。――それだけではない。

その秘密は乱歩氏の人間力の厚みと探偵小説への情熱である。「探偵小説のためにこの世に生まれてきた人」と思わずにいられないのは、私からみれば乱歩氏と横溝氏の唯二人だけである。乱歩氏が太陽であるという所以は主としてこの近づくものすべてに点火せずんばやまない情熱の光焔をいうのである。本来その才に乏しい私などが探偵小説をかいているのも、唯一作なりとも乱歩氏の眼光にたえられるものをという目的以外に何もない。すべての人がそうであると思う。

更に驚嘆に値するのは、乱歩氏の作品の抱擁力の大きさである。同じ作品が、大学教授の鑑賞にもたえられ市井の少年の魂をも魅するということは、つくづく脱帽のほかはない。

不滅の足跡はきえない。しかしながら大乱歩の半ば筆をたつことすでに久しいものがある。その原因は、乱歩氏の「眼高手低」という自意識の過剰にある。この意識のない作家はあるまいが乱歩氏は過剰すぎる。弟子からみても良心的すぎる。というよりその一流学者にも匹敵すべき知識が博大にすぎ高邁にすぎてきたうらみがある。私は乱歩氏の強烈な自信のかげに漂う弱気、満々たる体息の底をつらぬく一脈の孤独感、未だ失われない驚異好奇の心と不可思議なる混合を示す虚無感（モームとも共通する人生観）に深い愛着を禁じ得ない。しかしながら、先生——大死一番乾坤新たなり！願わくばいまいちど芸術の泥沼へ、その豊饒にして巨大なる足をふみ下ろされんことを。

# 御健在を祈る

「宝石が、乱歩先生の還暦記念号を出すのに、乱歩先生も久しぶりに小説をかかれるそうですね」

「ええ。木々先生、大下先生、その他みんな書いて下さるそうです」

「そりゃおめでたい。アンコールじゃなく、横溝さん、角田さん、そのほかいっせいに新作をならべることができたら壮観だ。誰も、乱歩さんに対しても、いいかげんなものは書けないわけですからね。しかし雑誌の数は多くっても、そんなことのできるのはヤセテモカレテモ、宝石だけでしょう。ゼニカネじゃできないことですからね」

「そうでしょうか。……」

「それなら、売れるでしょう。……存外チッとも売れんかもしれんが、まあ……売れるとしましょう。宝石の社運一挙にバンカイ。……」

「そうでしょうか。……」

「そして、宝石の命脈危うからんとするころに、ピンチヒッターとして次の大下先生の還暦が到来する。さ来年ですね。そしてその翌年は木々先生。……」

「そうなりますか。……」

「木々先生といえば、「美の悲劇」だんだん細くなっちまって、ついに消えちまったようですが、どうなりました。非常に感服し、期待していただけに、残念なことですね」

「あれは、毎月あんまり少ないから、ひとまず休んで、この秋ごろ相当長くいただくはずになってるんですが。……」

「しかし、そう飛んでしまっては、前の話、忘れてしまう読者もあるんじゃないですかね。もういちど、はじめから載せたらどうです」

「そうでしょうか。……」

「そして、またまただんだん少なくなっていって、消えてしまう。……それからまた、はじめからのせ直す。……そうだ。その休載の間に、僕が場ふさぎに「美の喜劇」というやつでも書こうかしらん」

「どうでしょうか。……」

「木々先生の還暦から五年たつと横溝先生、その翌年は渡辺先生、その翌年は水谷先生と城先生、一年とんで角田先生、それから三年おくれて香山先生、島田先生。……断じて宝石はつぶれない。……」

「そうでしょうか。……」

「それから、うーんと十年ばかりとんで高木先生。……僕はまたその二三年あとなんですがね。……」

「そうでしょうか。……」

「僕の還暦記念には、誰も書いてくれる人がない。……」

「そうでしょうか。……」

「いや、ある、ある、そうだ、ありますよ」

「あるでしょうか。……」

「乱歩先生がある。いまのお元気からみると、僕なんかよりたしかに長生きされるようにみえますよ」

「そりゃ、そうですね」

「そして、そのころ宝石に、「探偵小説九十年」ってなものを書いていられるにちがいありません。……」

「そうでしょうか。……」

「そして、おそらく木々先生も御健在で、「美の悲劇」の完結篇をそのころお書きになっていると思いますよ。……」

「そうなると、大変おめでたいのですが。……」

# 疲れをしらぬ機関車

一般に新聞記者から作家になった人は、多作家であり、速筆家のようだ。文章をかくのに、気分がどうの、身体の調子がどうのと、勝手な熱をふいてはおれない訓練を経るからだろう。いまの作家は何よりもまず速筆家であり、多作家でなければ成りたたないのだから、これから作家を志す人は、その前にまず新聞記者の修行をやった方が、のちのちの身のタメになるのではないかと思われる。

島田さんもまた大多作家であり、大速筆家である。その方で、日本の作家のベスト・テンにらくに入るだろう。しかも、処女作以来、文字どおり瞬時の休みもなく、おなじペースで走りつづけている。高木彬光氏も大馬力の持主であるが、これはときどき故障を起す。或は故障を起したと自称することがある。島田氏は故障なく、疲労なき機関車である。年中あぶらがのっている。

しかも、それほど速筆の多作でありながら、きっと水準以上の――少くとも、一般読者を絶対満足させるものをかいているのは、大した力量である。

たとえば芸術院賞をもらう作品など、或は彫心縷骨の努力を傾注すれば、全くできないことでもなかろう。しかし、吉川英治氏とか川口松太郎氏とか野村胡堂氏とか江戸川乱歩氏とか、百万の大衆の喝采をあびる作家の才能は、いくら努力してもついに及ばない。

だれかが、その作風を島田ぶしといった。うまいことをいうと、感服した。大体作家が円熟してくると、だれだって、――ぶし、といっていい文体を獲得するものだが、島田氏の場合ほど、――ぶしという言葉がピッタリする人はなかろう。その快調、そのなめらかさ、その大衆性。

果然、島田さんは、浪花節がお好きらしい。日本には、某家の妻女の足袋のコハゼがはずれていたから、その家の風紀がみだれていると見たなどいうシタリ顔の推理法があるが、私は人間というものは、もっとあいまいで、もっと複雑なものだと思っているから、作家の趣味と作風が一致するなどいう考え方はきらいだし信じてもいないが、江戸川先生の歌舞伎、木々先生の新劇と考えると、やはりこの点では何か関聯があるように思われる。

しかも、島田さんはおそらく浪花節が好きだということを、昂然として表白するだろう。芸術ぶることを子供じみているとも考えられまいが、そこにはじぶんのニンを心得た大きな自信がある。迷いがない（ここに多作の可能性の秘密があるのだが）。のみならず、大衆に受けるものならまずおれだという強い自負がある。

御存じのように、探偵作家中第一の売れっ子であるが、これはジャーナリズムがむりにデッチあげた人気ではないだけに、永続性のある安定感がある。まったく島田さん一個の力で、十年間のあいだにジワジワと大衆そのものから獲得した信頼だからである。この点ちょっと山手樹一郎氏に似たところがある。

そのスピード、その面白さ、しかも犯罪をとりあつかいながら、内容のきわめて陽性な点、おそらく大新聞で探偵小説をとりあげるとすれば、まずそのスタートをきる人であることにまちがいはない。

実は、島田さんのエピソードでもかいてくれという編輯の方からの註文だけれど、残念ながら私は、島田さんの私生活の方はとんと知らないのである。いつのぞいてみても、機関車ぶりを発揮していられそうで、とうていよりつけたものではない。などというが、人間勝手なもので、じぶんの都合によってはノコノコ出かけてゆくもので、曾て私は新宿で前後不覚になって、覚醒してみたら天気晴朗にして懐中暗澹、いくどか余丁町の島田銀行へかけつけて、ＳＯＳを訴えたことがある。御本人がジュースで刺身を食う達人の境にある方だけに、さぞかしひんしゅくされたことであろう。場所がわるい。引っ越さないといけません。

# 熱情の車

僕は、それぞれの道で人間がモノになるかならぬかは、第一に自信、第二に熱情、第三に才能、第四に体力、第五に運だと思っている。

第三以下は、その上下に迷う点もあるが、第一と第二は変らない。古今の英雄の事蹟をかえりみるにみなしかり。中には自信と熱情が度をこえて神がかり状態になり、自ら滅んだ例すら枚挙にいとまがない。といっても、何しろ英雄はわれわれとちがうので参考にはならんというなら——色の道またしかり。

ところで、自信はだれだって持ちたいのだが、それがカンタンに持てないから、みな頭をかかえるのである。それは第三以下の条件が意識的無意識的に組み合わさって生み出されるものだからだ。それなら、自信はそれらの因数のたんなるプラスかというと、決してそうじゃない。プラス$\alpha$がある。これが自信というもので、このプラス

αは先天的なものではないかと思われる。このプラスはザラにあるものではない。かえって第二以下に水をかけるマイナスαを持つ人の方が多い。

高木さんはそのプラスαを持った珍らしい人である。英雄豪傑の相がある。もひとついえば、神がかり状態にすらなり得る人である。これは高木さんに近づく人が、誰でも認めることだろう。

このプラスαは、いまもいったように先天的なもので、それを持たないものが真似たって鼻もちならない茶番になるばかりだが、第二の熱情という特性は、みずからシッタベンレイすれば、或いは身につけ得るものではないか、とも思うのだが。——

高木さんの「ジンギスカンの秘密」などは、まず第一にこの熱情の所産であろう。ずいぶん強引な論法だが、それを作者のみならず読者をもひきずってゆく力は熱情である。

この熱情或いは熱中性もまた先天的なものかもしれない。僕だったら、ずっと以前に「義経ジンギスカン説」というものがあった、その事実だけで笑い出し、また熱情がさめてしまう。また。——

高木さんも僕も、自動車運転を習った。ほんとうは両人とも、生活上あんまり必要じゃない道楽である。だから僕は、三日めで音をあげて、教習所から逐電してしまったが、高木さんは大悪戦苦闘の結果、ともかく免許をとってしまった。エライ。

ただし、僕は、高木さんのこの「熱情の車」だけには、同乗することは御免こうむりたいと思っている。

# 高木さんのこと

時の流れとともに、推理小説もさまざまな衣裳がきせられ、またぬがせられてゆく。しかし、いろいろな潮流が去ったあとで残るのは、やはり本格推理小説の構築美に満ちた記念塔ではあるまいか。

この点に於て、日本の戦後推理小説史に於て、松本清張以前の決定的な巨塔は、横溝正史氏と高木彬光氏の御両人以外にない。そして松本清張氏以後はまた空白、といって悪ければまだ混沌状態にあるといっていいようだ。

これほど本格派のカンカチの代表者でありながら、一方で高木氏が占いの専門家（?）であることは周知の如くである。

いつどこで、こんなケッタイなものにとり憑かれたのかしらん？　僕は高木氏とつき合い出してからもう十五、六年にもなるだろうが、はじめはこれほど病膏肓に入ってはいなかったように思う。ともかく珍現象とは思うが、しかしドイルが心霊術に凝ったようなもので、人間としては充分あり得る現象のようにも思う。

そして僕はまた全然「怪力乱神」を信じない方なので、これほど長いつきあいなのに、一度も手相を見てもらったことがない。見てくれといったおぼえもなければ、見てやるといわれたこともない。考えてみれば、これまた可笑しいことのように思う。

いちどそのうち、ゆっくり手相を見てもらいたい気になったが、僕の手を高木氏がとったとたんに電光ひらめき、妖煙が立ちのぼるような気がしてならぬ。

# 銭ほおずきの唄

あれは昭和何年ごろのことであったか、たしか中学時代のはじめではなかったかと思う。僕の故郷は山陰地方だが、夏休み、海のある親類の家にいって、雨のふる日、ふとその家にあった「日の出」という雑誌を寝そべって読み出した。

そして「妖棋伝《ようきでん》」を読んだ。

たまたま手にとった雑誌だから、連載の途中のものを読んだのである。そして、あまりの面白さに起きあがり、その家にあった「日の出」を全部探し出し、そばに積み重ねて、第一回から読み出した。田舎の家だから、古い雑誌もみんなとってあり、「妖棋伝」がすでに完結していたのは倖せだった。

この中に「縄いたち」という縄術を使う怪人が登場してくる。まだ推理小説などろくに読んだことのない時代だったから、この「縄いたち」の正体を最後に知って、あっとばかり驚いた。このときの驚きがあまり大きくて、後年世界の推理小説のベストテンなどを読んで、さまざまの「意外な犯人」を知っても、それほど驚かなかったくらいである。だから、推理小説の最大の醍醐味、犯人の意外性という面白さは、僕は推理小説よりもこの「妖棋伝」によって満喫させられたといっていいくらいである。

それからほど経て、これも中学時代だが、こんどは「髑髏銭《どくろせん》」を読んだ。これも頗る《すこぶ》面白かった。この中にも「銭ほおずき」という怪剣士が出てくる。「縄いたち」と同じく、主人公よりも読者の印象に残る人物であって――僕はなんと、「銭ほおずきの唄」というものを作ったのである。そしてそれを友達に唄わせたのである。

田舎中学の寄宿舎の窓からながれる「銭ほおずきの唄」――節はどうしたかというと、それは当時流行していた「王さん待っててちょうだいね」という唄を拝借した。凄絶悲壮の怪剣士「銭ほおずき」の唄に、「王さん待っててちょうだいね」の節は可笑しいようだが、なに、唄ってみればそれほど妙でもなかった。

さて、その唄だが、これが「吹けば飛ぶよな将棋の駒に」どころではなく傑作であったことはたしかだが、その文句を完全に忘れてしまった。

おぼえていれば、角田先生に捧げるのだが——いや、実はこの話は、後年はからずも角田先生の知遇を得るようになってからも、あんまり恥ずかしいから、先生にいちども話したことはない。

# 昨日今日酩酊奇談

横溝先生はお酒をお飲みになる、私も飲む。……いや、飲んだ。

次に、右に現在形と過去形に書きわけた意味を、二つの想い出で説明しようと思う。

いつごろの昔でありましたかなあ。もう二十年くらいも前になるかも知れない。そのころ三軒茶屋に住んでいた私のところへ或る人が来て、いっしょに酒を飲み出し、そのあげく深夜泥酔して成城の横溝先生のところへ推参したことがある。ところが……門から入れてもらえないのである。

あとで承わったところによると、その人は先生のところへお目通り相叶わざる人で、だからこそ私をダシにして陣頭に立てて押しかけた形跡があるのだが、そのときは、こちらはそんなことは全然知らない。だいいちへべれけのべろべろである。そこで真夜中大声を発して、「こら、ヨコセイ！」「なぜ入れてくれない、あけろ、あけろ！」

といったかどうかは記憶さだかならず、まあいったとすればその同伴者の方だと思うが、こちらも門をゆさぶったり、蹴っ飛ばすくらいの真似はしたかも知れない。

いや、このころはメチャクチャで、横溝先生だけでなく、別の一編輯者と、一面識もないのに近くの山岡荘八氏邸へ酔っぱらって乗り込んでクダをまいたおぼえがある。今から思うと山岡先生は当時まだ四十前後？　で、お若いころの御血気いまだ炎々たるものがおありであったろうに、この酔いどれの若輩二人組を正面に置き、家康のごとく、酒と神色自若たる穏容であしらわれて、やがてわざわざ——そのころの唯一の個人用乗物であったリンタクを呼んで送り出して下さった。かくて二台のリンタクにふんぞり返った両人は意気揚々と山岡邸を立ち出でたが、そのあとがサア大変。……いや、これは横溝先生の話を書かねばならぬ文章であった。

いまになって想うと、汗顔の至り——といいたいが、しかしほんとうをいうと、そのころもっと酔っぱらってもっと先輩諸先生を悩まし奉って回ればよかったと思う——心がないでもない。

つまり、それから二十年の星霜を経て、こちらが到底酒飲みなどとは号せられないほどおとなしくなってしまったのである。

しかるに、横溝先生はどうであるか？

おととしのことである。横溝先生が拙宅に御光来になったことがある。飲むほどに、酔うほどに先生の意気あがり、その風発の御談義とうていそのまま空に消しがたく、途中から録音テープにとったほどであったが、そのうち立ちあがられた先生が、突如大音響をたててお倒れになったのである。

実はその席に、角田先生をはじめ五、六人御同席の人々があったので、食卓は二つ連ねた長いテーブルであったが、そこへ並べられた数十個の料理の大皿小皿の上に、実に盛大に（大音響はそのためであった）大の字になって寝てしまわれたので、驚くよりも一同あっけにとられて、しばし口をあけて見まもっていたくらいである。すぐに先生は何のこともなげに起きあがられ、もとの席に戻られた。

その夜はそのまま無事におひらきになって深更御帰還になったが、翌朝になって心配でならず、電話で御安否をおうかがいしたら、なんのなんの「昨夜は久しぶりにみなと快飲したので、ますます快調上機嫌である」ということでありました。

これほど壮絶無比、感にたえた御立派な酔いっぷりをなお御展開になる先生にくらべて、二十年前の深夜その門を蹴っ飛ばして騒ぎ立てたこちらのいまのザマは何であるか！　つまり最初に書いた通り、私の場合は過去形になってしまったのである。

どうも、もともとの出来がちがうらしい。こんどのこの「佐七全集」を出す講談社の係の人にきくと、佐七だけでも三百余篇あるという。小生の忍法帖など短篇はまだ七十篇にも足りないであろう。それなのにこちらはもう音《ね》をあげている始末なのである。この力量の差がてきめんに酔いっぷりにも現われているとしかいいようがない。

実に何ともはや申しわけない話でありますがね。その録音テープをとるときに——いつの日か、先生の御命日に、当夜同席した人々と、このテープをとり囲んで懐旧の涙にむせぶ……といった光景がちらと頭を掠めたものでありました。しかし、これはあらぬ夢となりそうである。少なくとも、そのときそれをきいているめんめんのうしろに、小生は両手を前にブラ下げて坐っているよりほかに芸はないような気がする。

つまり、それほど横溝先生は古稀を迎えられんとしてなお元気なのである。……とまで書いて来て、はじめて気がついた。あいや、ことしは先生のほんとうの古稀ではないか！　これはいよいよ以ておめでたい限りである。

# 筒井康隆に脱帽

私は、雑誌でお仲間の作家の作品をほとんど読んだことがない。最大の理由は私の不精《ぶしよう》にあるのだが、強いていえば然るべき理由もあるのである。

その理由を述べる前に——読まないにもかかわらず、不思議なことにその作家がどういう作品を書いているかは大体において知っている。そして犬が、犬仲間、さらにシェパードならシェパード、ポメラニアンならポメラニアンとちゃんと嗅ぎわけるように、種の遠近を嗅ぎわける。その結果、類縁の遠いものには作者として興味がなく、近いものは何となく気にかかる——ことは当然である。(ただし、これは原則論であって、特に読者としての立場となると、自分と作風が似ても似つかぬものでも敬愛するということも大いにあり得る)

ところで類縁の近いものは、それならそれでいっそう読むのが危険である。というのは、そのアイデアに感心したりすると、たちどころにそれを借りるというようなあさましい行為は断然拒否するにしても、それが無意識の底に沈んで、忘れたころにヒョイと出て来て自分の独創だと思い込む惧《おそ》れがあるからだ。

かつて私は自分の作を「アイデアだけだ」と或る人に評されたことがある。これを私は悪口とは受取らない。アイデアというものが大変なものであることを充分に知っているからだ。推理小説の価値など七分以上それにかかっているといってさしつかえない。私をアイデアだけだと評した人の小説は、そういうくらいだからアイデアなど論外においていることはいいとして、私から見ると、語るに値しない男の人生なるものを凡庸鈍昧《どんまい》な筆で書いたものに過ぎなかった。小説というものは何もそんな風に人間や人生を描かなくてもいいのである。いや、全然人間や人生を描かなくても、人間が読んで面白い小説もあっていいのである。

さて、筒井さんは、何となく気にかかる作家の一人であった（私にとってそんな作家はあまり多くない。今思い浮かぶもう一人は、これは作風に類縁があるのかないのか見当もつかないが、野坂昭如さんである）。そして、何かのはずみで何かを読んだと見えて、「ことしの直木賞は筒井さんにあげるといいな」とその賞を出す雑誌社の人にいったこともある。むろん直木賞などに縁のない私のいうことだから何の権威もない雑談だが、それだけにそんな要らざることをいったのも珍らしい。

しかし、右に述べたような理由から危険を感じてなるべく読まないようにしていた。そして小説以外のものならよかろうと、某誌連載中の「乱調文学大辞典」などを読んで抱腹絶倒した。どんな笑いの吝嗇漢《りんしょくかん》でも少くとも一頁に一つはゲラゲラ笑い出さざるを得ない項目がある。これは大変な才能だ。

実は私も、ずいぶん昔——二十歳前後——ああいうものを書く能力があったように思い、その名残りで、「うん、僕ならこの項目はこう書くな」など考えるといっそう面白く、そして、こういうことにかけてはついに及ばない、自分にもその能力があったなど考えるのは錯覚であったと思い直した。二十歳前後といっても、むろん幼稚な遊戯という意味ではない。八方破れ、ナンセンス、天空海闊、チャチャメチャクチャという意味である。こいねがわくば筒井さん、たとえこれから徐々に髪に霜を混え、さらに皺くちゃになろうと、この八方破れ、ナンセンス、天空海闊、チャチャメチャクチャを失い給うことなかれ。

こんど改めて本作品集を読んでその感想を書くことになった。それを引受けたのは、人間何か感心することがあれば本人に伝え、公表しなければ何の意味もないと悟るようになったからである。それはいいのだが、読んで——果せるかな、私が危険だと推察していたことが謬《あやま》りでなかったことを知った。だから、いわないことじゃない——と、自分にいった。

たとえば私に、卵生人間を根本アイデアとした「おぼろ忍法帖」という作品があるが、もし「マグロマル」を読んでいたらとうてい書けなかったろう。もし時空交錯をアイデアとする「近所迷惑」を知っていたら、私は「魔天忍法帖」というしろものを書かなかったろう。もっとも、どちらが先か後かは知らない。ただこういう危険性があるということを改めて確認したのである。

ただし、そんな点だけは類縁があっても、それ以外のすべてはむろん大いにちがう。最も象徴的にいえば、モダンジャズを愛好されるらしい筒井さんと、これは平岡正明さんにも申しわけないけれど、ステレオからジャズが聞えて来ると、たちまちあわてふためいて切ってしまう私との差である。大正も古くなりにけり。

「最高級有機質肥料」には完全に脱帽した。

実は私にもこの趣味があって、よく食事中にみなに聞かせる話がある。それは、夜更けのプラットフォームで酔っぱらいが痰壺の上に顔をのせて、「ああ、生ガキは美味いなあ」と呟いていたという話と、いつぞやの塩原日本閣の殺人鬼某女が恐ろしいけちんぼで、酔いどれのへどを捨てるのを惜しがって雑炊にして食っていたという話である。これがこのたぐいの話の双璧だろうと珍重していたら、そんな話など顔色なからしめる大傑作がここに創造された。私は客を招いて空腹の極に置き、さて山海の珍味を並べたあとでこの小説を朗読してみなに聞かせたい。

それどころか、何とかこの作品そっくりの料理を考えて、是非筒井さんをその宴《うたげ》に招きたい。ただそのためには女房に精読してもらわなければならないが、これが厄介である。

私にも排泄物を扱ったものが、二、三ないでもないが、ここまでは到底及ばない。かりに譲って似たようなアイデアを思いついたとしても――ここが「マグロマル」における演説と同様、筒井さんへの畏敬よく能わないところだが――その描写はせいぜいただ一人の口をかりるにとどまり、ああまで手を換え品を換えて三人まで滔々とやらせるという度胸はありそうもない。

さて、筒井さんは人間を愛していられるのか、それとも人間嫌いなのか、私としては、その裏から仄見えるほのぼのとした人類愛なんて陳腐な芸当は放り出して、得べくんばスウィフトのごとき徹底した人類軽蔑論者であって欲しい。――こういう例を持ち出されると閉口するのは作家としての私も同様だが、立場をかえて人を月旦する側に廻ると、咳ばらいしてこんなことを言う。

　しかし、あらゆる人間界の現象をからかい、茶化し、しゃれのめし、戯画化し、笑倒するこの才人は――御本人もエンターティメントに徹するといいながら――その裏から、思いがけず本気で青筋たてて嘲罵するときもあるようだ。大体においてその対象は、何かに一辺倒する連中であるらしく、本集には収録されていないが、「堕地獄仏法」などがその見本である。

　とにかく、いろいろな意味で、現在はもとより、十年後が、さらにジジイになってからがいよいよ愉しみな作家である。私はどこかのなるべく異常のない星でそれを拝見いたしたい。

# 推理交響楽の源流

高木さんも五十の坂を越え、息子さん、お嬢さんをめでたく嫁《かたづ》け、先日もつくづくと眺めていて、すっかり好々爺《こうこうや》の顔になってしまったのに、感慨をもよおしたが、以前はその性、直情にして猛烈、これに刃向かう者もなし、といった概《がい》があった。そのために大いにケンカをし、かつケンカするのを意としない快男児ないし怪男児であった。

その高木さんと二十数年つき合っていて、私はまだいちどもケンカしたことがない。私に対して高木さんは終始一貫しておだやかで、かつ親切な人であった。

さて、この高木さんと二人でヨーロッパ旅行をすることになった。七年ばかり前のことだ。

二人でヨーロッパ旅行をすると、相当の親友でも仇敵のごとくになって帰るという話はよく聞いたことがある。私に対してはおだやかで親切な高木さんだが、本性はたけだけしい人物である。さて前途は雨か、風か。

まっさきに乗りこんだのは、モスクワのウクライナホテルである。その一室のダブルベッドに豪傑と同衾《どうきん》して私は悲鳴をあげた。その物凄《ものすご》いいびきにである。

神経質でない作家というものは、まああり得ないだろうが、私は外見はともかく、環境衛生的な事象に関しては普通の職業の人よりもっと鈍感なところもあるのだが、このいびきだけには降参した。

いかに鼾声雷《かんせいらい》のごとくであっても、それなりにリズムがあればまだ馴れることができる。が、高木氏のそれはただのいびきではない。あえぎ、歯ぎしり、うめき、鼻あらし、喘鳴《ぜんめい》、絶叫、咆哮《ほうこう》、およそ人体の器官で音響を発し得るものからは、ことごとく音響を発しているのではないかと思われる支離滅裂の大怪音である。

たまりかねて、たたき起こす。高木さんは恐縮その極に達するが、ふたたび寝につくと、たちまち「ブフッ」「ゲッ」「ギャッ」「グワーッ」、おまけに高らかに放屁《ほうひ》の快音さえ交響する。

「まるでテンカンのワグナーだ」

「すまん」

「頭蓋骨の縫い目がみんな離れてノコギリみたいにコスリ合ってるのと違うか」

「すみません。何といわれても、ぼくにもどうしようもないんだ！」

実際、本人が悲痛な声をふりしぼるとおり、責めようのないことだが、夜起きていて昼寝てることのできない外国旅行中のことだから、心から弱り果てた。

こういうわけで、ヨーロッパからの帰途に予定していたカシミール旅行も切り上げて帰って来たわけだが、実はそれで大袈裟《おおげさ》にいえば命拾いをした。というのは予定どおりにカシミールに行っていると、その年に起こった印パ戦争のまっただ中に放りこまれてどうなったかわからない始末になっていたからである。

そこで大将、昂然として曰く、

「あのいびきは神の声だった」

いっしょにヨーロッパ旅行して、ドナリつけられるどころではない。あとで考えてみると、果たせるかな、私のほうがあちこちでパスポートや注射証明書を紛失するという大失敗をやったにもかかわらず――私のほうが、ドナリつけかげんで、高木さんのほうが低姿勢であったようにも思い、はなはだ相すまない感じがしたが、むろんそれは高木さんのいびきの弱みのせいではない。彼が私に対して保護者の責任感に燃えていてくれたからである。その証拠に高木さんは、羽田に出迎えにいった私の女房に、

「さあ、旦那さんを無事でお渡ししますよ！」

まず言った。

乱歩先生がどこかで「推理小説の名作は、結局はトリックだ。化粧がどうあろうと、やはりトリックの卓絶したものが後世に残る」というような意味のことをいわれているが、その意味で高木さんは日本推理小説史上、空前絶後の人といっていい。「刺青《しせい》殺人事件」「成吉思汗《ジンギスカン》の秘密」「黒白《こくびやく》の囮《おとり》」など、友人の仲間ぼめの意は毫《ごう》もなく公平に見て、日本の推理小説ベストテンにみな入れていいのじゃないかと思われるほどである。

そして、これらの名編の夢は、夜に縫い目のひらく彼の頭蓋骨から立ちのぼったものなのである。同時に発する怪音ぐらいはがまんしなくてはなるまい。

# 乱歩先生との初対面

私が実物の乱歩先生にはじめてお目にかかったのはいつだろうと思って、古い自分の記録を調べて見る気になった。

すると、それは昭和二十二年一月十八日のことであるとわかったが、そのまえ十一日におハガキをいただいている。土曜会の御通知だが、これが乱歩先生の直筆によるものであった。

「探偵小説土曜会御通知。本月ノ例会ヲ左ノ通リ催シマス。日時一月十八日(土)午後一時。場所日本橋室町四ノ三川口屋ビル内岩谷書店。会費(十円)茶菓代。話題、徳川夢声氏ノ来会ヲ乞ヒ、ユーモア探偵小説ソノ他ニツイテオ話ヲ願ヒ、次ニ横溝君ノ「本陣殺人事件」ノ合評ヲ行ヒマス。江戸川ガヤヤ詳細ナ読後感ヲ述べ続イテ諸兄ノ発言ヲ求メマス。「本陣殺人事件」通読ノ上御来会下サイ。昭和二十二年一月十日豊島区池袋三ノ一六二六　江戸川乱歩」

このころ私は、「宝石」の第一回懸賞小説に当選し、その当選作がこの新年号に発表されることになっていたが、雑誌はまだ発売されてはいなかった。

さて、十八日、晴れて暖かい日、私は早めに岩谷書店に出かけて、創刊号からの「本陣殺人事件」を通読した。私の当選作の載っている「宝石」はまだ校正中であった。（この新年号は二月になって発売されたのである。日本の地上はまだ焼土のままであり、人はすべて飢え、人事は万事不如意であった）

その日の記録。

「午後一時より土曜会開く。乱歩氏をはじめ、徳川夢声、大下宇陀児、水谷準、渡辺啓助、延原謙各氏及びその他の探偵小説愛好者二十人余」

して見ると、少くとも二十通以上、乱歩先生は手書きで同文の案内状を書かれたのである。もってその熱情を察するに足る。このころ熱情を燃やすべき対象を明確に持っていたごく少数の幸福な日本人の一人が、たしかに乱歩先生であった。

「乱歩夢声を眼前に見たるはこれがはじめてなり」

と、私は書いている。

「夢声氏のユーモア探偵小説草分け（？）の論。夢声氏の職業を思わせざる教養には感服す。乱歩先生は新人作家に一々語りかつ聴く。余が学生服なるは意外なりしもの如し。夢声氏、二時間あまりしゃべりて去り、あと「本陣殺人事件」合評会。機械的トリックの不自然、事件をめぐる人々の心理の不自然etc種々の難点はなしとせざるも、とにかく日本にはじめて現われたる本格的野心作なりとの結論一致す。四時近く、探偵小説一般論酣《たけな》わなる最中木々高太郎氏来らる。結局〝探偵小説なんか書くもんじゃないなあ！〟との大下氏の嘆声に満座哄笑」

むろん私は木々先生も大下先生も見るのがはじめてであった。――これからあとの私の知る土曜会には、いつもこの江戸川、木々、大下と正面につらなり、みなが「三巨頭」と呼んでいたが、いまやその三巨頭永遠になし。

「夕、散会。探偵小説の鬼ともいうべき人々の醸し出す熱気にボウとなりてビルを出る」

私の記述はそれだけで、まあ淡々たるものである。乱歩先生に対して特別の印象などなかったと見える。

実はこのころ私は探偵小説をはじめて書いて当選はしたものの、よく探偵小説を知らず、乱歩先生についてもよく知らなかったのである。その偉大さを胆に銘じはじめたのはこれから徐々に時間の経過とともにであり、乱歩先生この世を去られてその思いはいよいよ深い。

この日この文章の末尾にある会の熱気はすべて乱歩先生を原動力とするものであり、これはこの当時の土曜会初期ほど純粋であったようだ。だから、この当時集まった人々が今もまた別に会を作って往年を偲び、懐しがっているのもその気持がわかるような気がする。

ともあれ、私はこの二日後から「眼中の悪魔」という探偵小説を考え出した。……

# 私の江戸川乱歩

正面からの乱歩論ないし乱歩の作品解説は世にいろいろあるので、私はこれを機会に、いままで推理雑誌その他小雑誌に書いた乱歩に関する雑文をまとめ、ミックスし、それに適宜この一巻に収録されている作品に触れてゆく方法をとりたい。そのほうが乱歩とその作品の風変わりな解説になるだろうと思うからである。

＊

以前に講談社から出た乱歩全集の広告に「なつかしの乱歩……」という言葉があって、うまい言葉を見つけたな、と感心した。もっともこれはこの宣伝文を書いた人の手柄ではない。以前にどこかできいた言葉である。

乱歩さんはたしかになつかしい。これは私が個人的に知っているからでもあろうが、しかし公平に見て多くの読者が、「なつかしの乱歩」という言葉を肯定されるに相違ない。ほかにもたくさんの物故された大作家はあるが、「なつかしの……」という形容詞をかぶせてこれほどぴったりする人が、そうざらにあろうとは思われない。

これは乱歩さんが少年物を書かれたせいもあるかも知れない。「怪人二十面相」が「少年倶楽部」にのりはじめたのは、たしかに私の少年時代であった。また乱歩さんが好んで描かれた浅草趣味が——サーカスやお化屋敷や回転木馬や見世物やチャルメラのひびきなど、それは本集に収録された「一寸法師」「闇に蠢く」にも現われているが——大正時代への郷愁を呼ぶせいかも知れない。しかし、そればかりではないような気がする。だいいち大正末期、田舎に生まれて育った私は、大正や昭和初期の浅草など現実には知らないのである。しかも乱歩さんの書かれたものは、本来なら、常識的に「なつかしさ」を誘うような世界ではないのだからいよいよ不思議である。乱歩さんの天性の持味というしかない。

調べて見ると、すでに昭和三年の「新青年」に「懐しの乱歩！」という表現が出て来る。少年物や大正時代への郷愁などのせいではないことはこれで明らかだ。

それにしても昭和三年といえば、乱歩さんが処女作「二銭銅貨」をもって登場されてからわずかに五年ほどのちのことで、それでもう「なつかしの乱歩」という表現をかぶせられるのだからエライものである。

＊

このついでに「二銭銅貨」に触れておくと、これは大正十一年の夏に書かれ、翌十二年四月号の「新青年」に発表された。乱歩二十七歳のときの作である。当時乱歩は早稲田大学を卒業して以来数年定職もなく大阪で貧窮のどん底にあり、いちどこの原稿をそのころ乱歩が探偵小説の唯一の理解者であると信じた英文学者馬場孤蝶に送ったが反応なく、改めて「新青年」編集長森下雨村に送り、これによってはじめて認められたものである。

後年雨村はこの一作を読んだときの印象を「ドストエフスキーの処女作を読んで、深夜その居を叩いたベリンスキーの喜びをそのまま」と表現したが、それはオーバーにしろ、たしかにこの作品は日本にはじめて誕生した、当時の世界の推理小説に遜色のない本格的推理小説であった。またその筆名がエドガー・アラン・ポーから来ているように、ポーの「黄金虫」からヒントを得たものにちがいないが、日本人としては独創的な暗号小説であった。

驚くべきことは乱歩が、このことには限らないが、この前後馬場、森下と応答した手紙などを後年まで保存していたことで、外界的環境としては絶望的と見えるそのころから、すでに乱歩は後年の「大乱歩」の資料としていろいろ整理していたかに見えることである。

ちなみにいえば、乱歩は後年まで暗号に興味を持って、昭和十七年七月、軍人と実業家との懇談会で暗号について講演し、アメリカの解読技術のすぐれていることを述べ、「日本の暗号は大丈夫か」と念をおした。これに対して、列席していた建川義次陸軍中将——日露戦役の「敵中横断三百里」で勇名をとどろかしたのはいいが、満州事変以来日本を太平洋戦争へ導いた隠れたる責任者の一人——は、傲然としてそんな心配はないと保証した。しかし事実は乱歩の心配は当たっていたのであり、日本軍の暗号はすでにアメリカ側に解読されており、たちまち山本五十六の戦死という悲劇となって現われるのである。

＊

いま「大乱歩」といったが、ほかにも一世を風靡《ふうび》した作家や、大衆から敬意を表された作家や、芸術的にもっと高いものを書いた作家は多いのに、大の字を冠してこれほどおかしくない人も珍しい。

乱歩全集の月報をチラチラ読んでいると、何人かの人が、乱歩さんの訪問を受けたときのことを書いていた。晩年に「宝石」の編集に当たられてから、乱歩さんは律気にみずから原稿依頼にあちこち足を運ばれたが、そのときのみなの聳動《しょうどう》ぶりを書いたものだ。

「乱歩来たる！」

その報は、当人のみならず家人にも「大変だ！」という驚きと恐縮の渦に包んでしまう。「ノーベル賞の川端さんが来ても、あれほどみなが驚かないのじゃないか知らん」と私は考えたほどである。他に経験がないからよくわからないが、ほかのどなたの御来訪を受けても、みな――家人までが――あれほどの恐慌ぶりは示さないような気がする。

そして乱歩さんはニコリともせず、おだやかに依頼される。

「××君、「宝石」に原稿書いてくれんかね」

するとみな直立不動の――姿勢になったかどうか知らないが――心情になって、「書きます！」と返答してしまう。その当時「宝石」に思いがけない人々が推理小説を数多く発表されたのは、ひとえにこの大乱歩来たるの衝撃のためである。

＊

若いころ乱歩さんの前で、

「先生は眼高手低ですな」

と、いったことがある。

こんなことを青二才からいわれても、先生は決してむっとした顔をされない人であった。ただし、だれに対しても、どんな場合にも決して怒らない洒脱の大人《たいじん》であるというわけではない。何かの機会に、或る大新聞の記者が来て何か依頼したとき、その条件があいまいであると乱歩さんが糺問《きゅうもん》され、記者が青くなったり赤くなったりしているのを見たことがある。そのとき後で若い私は、乱歩さんの指や手の甲にモジャモジャ生えている毛を眺めながら、「こりゃ相当にオッカナイこともあるのだな」と思った。そんなときの乱歩さんは、まさに「老辣無双《ろうらつぶそう》」という感じがした。ただ、探偵小説の若い弟子の探偵小説上の応答には、不快の情をあらわにされたことはほとんどなかったのではないか。

そのときも、乱歩さんは、

「うん、僕はそうなんだよ」

と、淡々と、しかも大まじめな顔で肯かれた。

むろん私はナマイキを承知の上でいったことだが、それから二十数年たったいま、このナマイキな批評を改めて恐縮しつつ撤回する。いつか中島河太郎さんと話しているとき、中島さんが、「乱歩さんはいつまでも古くならない。同時代の作家はもう古めかしくて読むに耐えない人が多いが、乱歩さんは今でも充分読めるから不思議だ」といった。まさにその通りで、乱歩さんは眼も高かったが、手も高い人であった。自分でやって見ると、それがイヤになるほどわかるのである。(もっとも、乱歩さんにそんな不遜《ふそん》な評語を献げたときから、むろん私は自分のことはぬきにしていったのだが)

＊

私がそんなことをいったのは、むろん乱歩さんの一連の通俗作品の中のあるものを頭に描いていったのである。

乱歩さんは自分の通俗作品に、素直に羞恥心を持つ一方で、またそれなりに自負を抱いていられたように思う。後者の心情もまた当然である。私も、いかに大衆的作品であっても、その出来のいいものには大いに脱帽する。功罪相半ばするといわれるそれらの作に、結論的には「功」のほうを認めたいくらいである。

そもそもいかに読者に媚びても、それだけで一世を風靡する通俗作品を生み出すことは出来ない。それにはそれだけの力量がなくては不可能なことである。乱歩の通俗作品には、むろんそれだけの力があった。

乱歩さんは、昭和四年はじめて「講談社もの」を書くのに当たって少なからず躊《ちゅう》躇《ちょ》されたようだが、しかし遅かれ早かれそのほうへ入られたと思う。大正十五年から昭和二年にわたって朝日新聞に連載された「一寸法師」や、それと重なって「苦楽」に連載された「闇に蠢く」などにすでにそのきざしは現われているからである。

率直にいって、この二篇は成功作とはいいがたい。「一寸法師」は乱歩の本格好みと怪奇趣味が未整理のままでよく溶け合っておらず――長篇のこの「一寸法師」よりも怪異に徹した短篇「踊る一寸法師」のほうがはるかに強烈に読者の心に残る――「闇に蠢く」は怪奇趣味に徹底しようとして、しかも徹底していない。いずれも準備不足のままで書きはじめなければならない破目に追い込まれたことから発したことが大きな理由であろうが、しかし乱歩は後年までこの二つの嗜好の分裂に悩まされた。私にいわせれば乱歩の乱歩たるゆえんの怪奇なるデモンを、本格の理智がじゃまをした。しかも後者こそ、「二銭銅貨」に見るように乱歩がそれをもって世に立とうと志した原動力でもあったのだから、そう簡単に捨てることは出来なかったのである。読者はこの二作で、乱歩の悪戦苦闘を見るべきである。乱歩はこのあと、自己嫌悪のためにしばらく行方も告げず放浪の逃避行に出たくらいである。こういうところがまた、大乱歩が人間的に最後まで失わなかった一種の好ましいういういしさとつながるのだが。——

しかも不成功作といっていいにもかかわらず、大乱歩の力は、充分それなりに現われている。それは通俗であっても薄っぺらなものでなく、どろどろした原始的な力で、のちの各作家の推理小説がはるかに巧妙に作られているのに、読んだあとからすぐ忘れられるものが多いのにくらべて、乱歩の作品がふしぎに読者に強烈な印象を残すのは、まさにこの原始の力である。

いまふと思うのだが、ひょっとしたら「なつかしの乱歩」のなつかしさの本体は、こういう原始的な力への憧憬かも知れない。

ともあれ、これらの試行錯誤や苦しみが、右の両趣味がうまく溶合した後の成功作「孤島の鬼」や「陰獣」を生み出す伏線ともなったにちがいないのだから、われわれはそれをもって瞑すべきであろう。

＊

私が乱歩さんをはじめて見たのは昭和二十二年で、年譜を見ると乱歩さんはそのとき五十二歳で、ほぼ現在の私と同じである。すでに一見して大長老の風格があって、つくづくと「人間の出来にはちがいのあるものだな」と改めて痛感する。

しかし、さすがの大乱歩も、実作上では戦後のものは甚だしく何かが欠けている。小説には或る意味で女に似た——女から見れば男に似た——ところがあって、顔立ちはととのっているのだが、どこか魅力のない女性があり、またその逆に欠点すら一種の魅力となっている場合もあることはだれでも知っていることだが、その何かが——特に乱歩さんの場合は強烈無比であった何かが——その作品から消え失せている。

恐ろしいことだが、本人が自覚しているいないは別として、大半の作家にその運命は訪れて来るのである。

乱歩さんはそれを自覚していられた。それで、実作よりもその力を、評論と新しい探偵作家の育成に注がれたことは人々の知る通りである。

「小説なんて、修行したってうまくなるものか」

と、私なら思う。

「作家なんか、育てようとしたって育てられるものか」

しかし、今にして思うと、乱歩さんはみごとにこの難事業をやってのけられたのではないか。それが乱歩さんの期待通りの作家になったかどうかを別として、現在推理作家として生活している十数人の作家は、何らかの意味で乱歩さんの息のかかった人が大半ではないか。もし乱歩さんの存在がなかったら運命のちがった人が多いのではないか。

私などから見ると奇蹟としか思われないこの結果を導き出したのは、乱歩さんの飽かず、倦まずの、雑誌への斡旋《あっせん》とか、自腹を切っての御馳走とかいう具体的な努力、また、悪いところは黙っているか、指摘するにしてもおだやかに指摘するにとどめ、いいところは甘いと思われるほど賞揚し、ときにはおだてるという精神的激励もさることながら、何より乱歩さんの探偵小説への情熱がみなに伝染したせいである。

私にもなつかしい思い出がある。

昭和二十四年の暮れに、私は世田谷区の三軒茶屋に一軒借りた。六畳に四畳半、三畳に玄関、台所つき、それでも猫のひたいほどの庭もあり塀をめぐらし門もある家であった。

それまで、学生として六畳一間の間借りをしていたのだから、さあうれしくってたまらない。是非とも引っ越しの祝宴を張らなければならんと思い——しかも独身で、町にはまだろくな仕出し屋もないころで、従って料理は罐詰しかないから、そうはでにお客を呼ぶなどということは出来ない。だから、呼んだのは、当時近くに住んでいた高木彬光氏と某知人、それからもう一人——乱歩先生に、おそるおそるおいでを願った。

すると、乱歩先生は快諾されて、山賊の料理よりもっと哀れなこの宴会へ来て下さったのである。池袋から世田谷の細い路地の奥のどんづまりにある小さな家へ、一升瓶をぶら下げて悠然と現われて下さったのである。

その気軽さ、といっても、年齢のちがい、社会的地位のちがい、多忙のちがい、ふつう、人はなかなかこうはゆかないものだ。私はもちろん感激した。いまでも感動している。

しかも乱歩先生に「先生は眼高手低の人でアル」などと失礼なことを口から出放題にいったのは、たしかこの夜のことなのである。

乱歩さんは天性の教育者であったと思う。その点、漱石に似ている。結果として、その数多い弟子たちに敬慕されたことにおいても。

乱歩さんはしきりに、「自分は子供だ。子供っぽい」という意味のことをいわれた。しかしわれわれから見ると、文字通り大人《たいじん》であった。

これは年齢の差ではなく、『探偵小説四十年』を読むと、宇野浩二氏が、「江戸川には「大人《たいじん》」の風格があり、「わけしり」の風格もあったが、また、そういうものをとおりこして(中略)なにかわからない、ぼやっとした、しかし近づきにくそうなところもなく、人間ばなれをしているようで、すこしも、していないようなところもある、というような風貌の人であった」と書き、それは最初に逢った大正十四年ごろからの感じであると述べている。そのとき乱歩さんはまだ三十歳だから、これはむろん天性の風格である。

＊

しかし乱歩さんの「自分は子供っぽい」といわれる意味もよくわかるのである。作家はたいていの人がそうだろうが、そういう告白は率直なものだ。

もっとも、たいていの大人《おとな》も、よく見ると子供っぽいものである。少なくとも、子供っぽい一面を持っているものである。が、普通の人間は、それがいわゆるとっちゃん小僧ないしひねこびたただッ子の観を呈するのに対し、乱歩さんのこの矛盾は天真爛漫の混合図として現われた。

晩年に紫綬褒章をもらわれたときの大がかりなよろこびようなどは、私はあまり感心しなかったが、しかしこれも乱歩さんの大人《たいじん》性と子供性との大混合である。

よく家の子郎党をひきつれてバーをねり歩かれたが、銀座の一流バーで悠然として飲んでいられたかと思うと――おちつく果ては新宿の最下等の青線区域の二階だったりして、まっぱだかのパンスケを膝にのせて大悦していられたりする。若いもののまんなかで、大長老の威厳などどこへやら、そんなときの乱歩さんは心から愉しそうで、まさしくこれぞ天衣無縫の大長老の面目躍如たるものがあった。これもいわゆる大人《おとな》はあまりやらないことで、しかし大人《たいじん》はやることで、このほうは大いに感心した混合ぶりである。そして、その翌日は、大まじめな顔で外国の本格推理小説についての講演をやっていられるのである。

乱歩さんにいわせれば、自分が本格推理小説などに夢中になっているのがそもそも幼児性のあらわれだということになるのだが、一方で本格推理小説そのものが大人《おとな》性と幼児性の混合物で、むしろ幼児性がなければ成り立たない、その幼児性こそが大人《おとな》の遊戯だという自信を持っていられた。私もこの意見に賛成する。地球上でいちばん「大人《おとな》」民族と見られるイギリス人が、いちばん探偵小説を愛するのがそのいい証拠である。

ただし、推理小説以外の世界でも、その幼児性が大人性につながるという開き直った自信を持っていられたかどうかはわからない。

＊

ともあれ「夢遊病者の死」などは、その大人性と幼児性の混合した好ましい一例であろう。この作品は大正十四年「苦楽」七月号に発表されたものだが、一種の密室殺人を作った見えない凶器――この「凶器」のトリックもさることながら、うら哀しい父子の生活ぶりの私小説的描写はまさに大人の芸である。乱歩は鬼巧眼をうばう絢爛怪異の大通俗作品を作りあげる一方で、初期には宇野浩二の変名ではないかという噂をたてられたほど、貧しい人々の哀愁に満ちた情景や気分を描き出す妙手も持っていた。「二銭銅貨」などでもそうだが、この「夢遊病者の死」にもその片鱗は現われている。

＊

茫洋と緻密、放胆と几帳面、また「江戸川乱費」といわれたほどの使いっぷりと奇妙な合理性、実生活においても乱歩さんはその大混合体であった。十数人ひきつれてのバーめぐりはいまいった通りだが、その追悼号などを見ても、いかに多くの人々が乱歩さんの寄付や援助に感謝していることか。

しかも乱歩さんはタクシーなどに乗っても、決して運転手にチップなど与えられない人であった。千円のところを九百五十円でもちゃんとおつりは召しあげられる。それどころか、他人が払うときも、「そんな必要はないよ」とたしなめられる。「タクシーの運転手などにやっても、あとになんの効果もないじゃないか」

乱費はちゃんと効果を考えての一面もあったのである。

すべて、天地の差、及びようもないから、はじめから真似する気もてんでないが、ただ一つ乱歩さんの真似をしようと願っていちど試み、出来ればまたやりたいことがある。それは乱歩さんがしばしばやられた「休筆宣言」である。

調べて見ると、処女作発表以来四年目の昭和二年「新青年」四月号に「パノラマ島奇談」を発表してから第一回休筆宣言を発し、三年八月同誌増刊号に「陰獣」を発表するまで一年三か月ばかりお休みである。

「新青年」に「懐しの乱歩！」という言葉が出て来たのはその再登場のときで、そういう事情もあったからである。

次に昭和七年三月に第二回の休筆宣言を発してから、翌八年「新青年」十一月号に「悪霊」を発表するまで一年七か月お休みである。

次に昭和十年には七か月お休み。

そして昭和十五年から戦争が終わる日まで――いや、戦後も昭和三十年の「化人幻戯」まで、その間、翻案物の「三角館の恐怖」と少年物以外は、創作としての筆をとっておられない。

――考えてみると、乱歩さんはまことに天寵に恵まれた方で、あの日本人すべてに惨禍を与えた戦争でさえ、乱歩さんには何かを恵んだ観すらある。

池袋の家は罹災をまぬがれ、出征された御子息は無事帰還され、そして小説も、まるで執筆を禁止された一群の作家の一人のように見え――そういう事実もないではなかったが――しかし禁止を受けなくても、乱歩さんはもう書けなくなっていたのである。が、現実として、戦争中絶筆状態にされていた乱歩さんは、戦後読者の渇望する対象の作家の一人となっていられたのだから。

しかも乱歩さんは作品が書けないことにも悠然として、あとの二十年間を実に有効に使われた。敗戦のとき、すべて虚脱状態にあった日本人の中で、よろこびを持って自分の目的を明確につかんでいた数少ない一人が乱歩さんであったが、推理小説の復興と繁栄というその目的をみごとにとげられたのである。その手によって送り出された作家たちがいなかったら、少なくとも今にいたるまでの中間小説雑誌はあり得なかったろう。

＊

さて、どんな作家にだって——どんな人間にだって、といってもいいが——暗い一面はある。ましてや、あれほど異次元の世界を作り出した大乱歩に、その原動力としてそういう面があり得ないはずはない。実際上には、乱歩さんを覆うもう一つのふしぎな一面、「大常識」のために何事もなかったかと思われるが、私にはほんとうのところはよくわからない。

例の乱歩さんの一族郎党をつれてのバーめぐりでも、もっとしょっちゅうくっついて歩けば、いよいよ面白い光景を瞥見《べっけん》する機会もあったのだろうが、お供したのは何かのはずみといった程度で、乱歩さんを甚だ敬愛しているにもかかわらず、どうもそういう行列に加わるのに気のひけるところがあって、たいていは私は御免こうむったからである。特に、大人《たいじん》乱歩に妖しさを添えるホモ趣味の一面に至っては、たとえくっついて歩いても、こっちに共鳴するところがなければついに不可解の別世界にとどまるほかはなかったであろう。「暗い乱歩」の一面をだれよりも御存知なのは乱歩夫人で、それは未亡人にお聞きするよりほかはない。しかし、それは永遠に語られることはないであろう。

＊

だから、以下に述べることは「暗い乱歩」の精神分析的秘密などという大仰なものでなくまったくの冗談話である。

乱歩の作品をつらぬく大きなテーマの一つに「隠れ蓑《みの》願望」がある。それは「変身願望」にもつらなるものだが、作例をあげれば、「陰獣」「猟奇の果」「屋根裏の散歩者」などで、本集に収録された「人間椅子」は、その鮮やかなる例となる秀作であろう。これは大正十四年「苦楽」九月号に発表されたものである。

ところで、なぜそんな願望が深く乱歩さんを捕えたか、ということについての妖説なのである。

聞いたところによると、戦前の乱歩さんはすこぶる気むずかしい、非社交的なかたであった。例の、昼間でも土蔵の中で蠟燭《ろうそく》をつけて執筆をされていたというのは作り話らしいが、しかしこういう伝説は決していわゆる乱歩文学からの連想によるものではなく、その人の性行にもその因があるらしいことは、以下引用する「探偵小説四十年」の記述からも明らかである。

「昔、二十四、五歳の折り、三重県鳥羽の造船所に勤めていて、またしても会社勤めにいや気がさし、独身者合宿所の自分の部屋の押入れの中に隠れて、会社から呼びに来ても気づかれぬように、襖をしめきって、その真暗な中で、壁にアインザムカイトなんて落書きをして、まじまじと寝ころんでいたものだ」

「麻布区に、欧州小国の公使館などがかたまっている区域があり、チェコスロバキア国の公使館のすぐそばに、中国人の経営する張ホテルという木造二階建て洋館の小さなホテルがあった。なんだかヨーロッパの片田舎の安宿にでも泊ったような感じで、東京にもこんな不思議なホテルがあったのか、と私はすっかり気にいってしまった。その部屋に一ト月ばかり滞在することにした。そのころ私は人嫌いの最中なので、作家仲間と全くつきあいをせず、随って、誰にもこのホテルに泊っていることを知らせなかった。滞在中、何もしないでボンヤリしていることが多かった」

ところが、戦後、私たちの知った乱歩さんは、そんな伝説を思い出すのを忘れてしまうほど精力的に会合に出られ、若い私たちが圧倒されるほど陽気に、柳暗花明の巷で盃を傾けられる人であった。

「第二次大戦後、私はひどく常識的な社交人になってしまった」

いつ、どんななりゆきで乱歩さんがこれほど一変されたのか。

「私はそれまで我儘な人嫌いで、孤独を愛し、孤独の放浪を愛し、家にいれば終日床の中で暮らすという、始末におえない生活をしていたので、向う三軒両隣のつき合いなど、思いもよらぬことであった。それが戦争のために、やはりじっとしていられなくなり、俄《にわか》に隣組常会などに出席するようになったのだから、実に恐るべき変化であった」

つまり、戦争中のやむを得ぬ集団行動がそのきっかけになったというのである。

それも事実であったろう。――しかし、私たちの知っている乱歩さんは、そういう「常識的な社交人」の範囲を超えたものであり、いやいやながら、やむを得ず社交の世界に入られたというような印象ではなかった。もっと本質的なものの開花と見える姿であった。

ほかに何か大きな転機があるのではないか。

そこで新説にして妖説が、私の脳中に浮かぶのである。

それは乱歩先生のおつむのことである。

あの陸離たる光頭は、いつごろからはじまったのか。乱歩さんのお若いころの写真を何枚かつらつら見ても、そこにフサフサした髪のあった写真をついに一枚も発見することが出来ない。

私たちの知っている乱歩さんは、むろん決して線の細い人ではなく、ヌーボーとして大人の風格のある人であったけれど、といって身辺を意に介せず、豪放磊落《らいらく》、呵々大笑するといった豪傑風のタイプではなかった。作家だから当然のことだが、一面非常に神経質なところもあり、事実相当なおしゃれであった。もし豊かな髪がその頭上にあったら、堂々たる美丈夫と形容して然るべき風采であったろう。

それなのに、お若くして、つんつるてんなのである。

この肉体的特徴が、乱歩さんになんの影響も与えなかったか。

禿《はげ》という問題は、禿げない人には想像もつかない煩悶があるものだと聞いている。まして乱歩さんほど自尊心の強い人が、このことに全然無関心であったとは思われない。――私は、相当以上の深刻な影響を及ぼしたものと推理する。

それが、そう確信出来るのは、あの微に入り細をうがった厖大なる自叙伝「探偵小説四十年」中、扁桃腺、鼻茸、蓄膿症、高血圧症など乱歩さんを悩ませた病気の話はそれぞれ一章を設けるほど出て来るのに、禿に関する記事は皆無に近いからである。厭人病の素質またその原因については縷々述べてあるのに、このことについては御本人の口から一言も洩れていないのがアヤしいのである。

それが戦後、乱歩先生がこの世間に再登場されたとき、突如として陽気なお人になって出現されたのは、あの戦争を境として、乱歩さんがたとえ禿げていようとべつにおかしくない五十歳前後の年齢に達していられたからではあるまいか。

かくて乱歩さんは、執拗な隠れ蓑願望、変身願望から脱却されたのである。

私の見るところでは、乱歩さんの晩年の芝居好き——自分が役者になって舞台に出るのを好まれた理由の一つに、かつらをかぶるというよろこびもあったのではないかとさえウタがっている。

しかし、コンプレックスのない作家というものが存在し得るだろうか、いや、それの大きい人ほど、すぐれた作家であり得るのではないか。事実このコンプレックスから解放された乱歩さんは、戦後いかに書こうと努力されても、ついに会心のものがお書きになれなかったのではないか。

このコンプレックスのために「人間椅子」や「屋根裏の散歩者」や「陰獣」などの名作が生まれたとすれば、人間、禿げれば尊しわが師の恩というべきではあるまいか。

# 神魔のわざ

宮田雅之は、およそこの地上にありとあらゆる森羅万象を描き出す。たとえば優艶な王朝の世界から春風にたわむれるあどけない童女の世界まで、あるいは雲霧たなびく山岳大河から蕭条たる枯野寒村の風景まで、まざまざと現出する。ただ地上のものの姿ばかりではない。この世のものならぬ神変怪異の世界をも、人間わざとは思えない刀の切れ味から眼前のものとする。

しかも宮田さんは決して過去に安住せず、次から次へ新しい絵の対象に挑んで、絵としてはほとんど不可能の世界さえ創造しているように私には見える。

たんに刀の技術だけいうなら、ほかにも切り絵の名人がないでもないだろうが、私が讃嘆するのは、その絵としての構図の卓抜さだ。これが単独の切り絵ならともかく、挿絵の場合、どうしても文章に制約されることはさけられないのだが、たとえその場面が小説として単調を余儀なくされる場合でも、宮田さんは非凡な構図で平凡から脱し、退屈を飛散させてしまう。この人には、ただ切り絵だけではなく、作家としての才能もあるのではないかと思う。

つくづくそう思ったのは、私が以前朝日新聞に「八犬伝」を連載したとき、その挿絵を宮田さんにお願いしたのだが——たとえば「八犬伝」の中に犬江親兵衛という犬士が出てくる。これが九歳の童子でありながら、万夫不当の豪傑なのである。その武勇伝を書きながら、実は私でさえこの魔童子の風貌の見当がつかなかった。

それを宮田さんは、もののみごとに——可愛らしくって、ユーモラスで、しかも超人的勇士たる犬江親兵衛を描き出した。うるさい馬琴ですらこれを見たら、破顔一笑して満足するだろう、と私は考えた。これは挿絵の域を超えた独創の表現力といわざるを得ない。

さらにまた私がふしぎに思っているのは、宮田雅之のどんな切り絵でも、同じ絵を、和室に飾っても洋室に飾ってもマッチすることで、ひょっとしたら中国風の部屋にかけても合うかも知れない。

まさに、人を異次元に浮遊させる神魔のごとき切り絵の世界といっていい。

# 阿佐田哲也と私

色川さんとはじめて知り合ったのは、もう二十何年も前のことになる。私も三十になったかならないかのころであったし、色川さんはむろん二十代であった。私は、それでも作家として、色川さんは神田のある雑誌社の編集者として知り合ったのである。原稿で編集者を悩ませるのは、作家の年齢や作品の上下とは関係ない。そのころ、私も結構、悩ましたらしい。

たしか、ある夏の早朝であった。夜なかにタバコが切れて、私はタバコ屋がひらくのを待ちかねて、そのころ住んでいた世田谷三軒茶屋の町へ出ていった。すると、まだあまり人通りのない大通りを、交叉点の方から、頭から湯気をたてて、息せき切って走って来る青年がある。だれかと見ると、色川氏ではないか。——

「おい、どうしたんだ」

と、首をひねりながら訊《き》くと、

「あ、山田さんですか」

と、向うも驚いて立ちどまった。

「どこへゆくんだ」

「山田さんのところへ」

「何しに」

「原稿もらいに」

なるほど私は色川氏に原稿を渡す約束はしていたけれど、何も早朝、汗まみれになって駈けつけて来ることはあるまい。

ところが、色川さんはいよいよ妙なことをいい出した。そのころは、タクシーもいまほど自由でない。渋谷からは玉電で来るのがふつうで、その玉電はもう走っている時刻であったが、色川氏はその電車にも乗らず、渋谷から三キロくらいある道を、汗まみれになってランニングして来たというのであった。

なぜそんなことをしたんだと訊くと、電車になど乗ってゆくと、原稿は出来ていないかも知れない。もし二本の足で走ってゆくと、天がその至誠を哀れんで、原稿が出来ているにちがいない、と考えたからだという。

私は、恐縮するとともにあっけにとられた。なに、そんな値打ちのある原稿じゃない。その原稿が、そのとき出来ていたのかどうか、それもいまでは記憶がない。いかに下らない作家であっても、その人の原稿をとることにきまったら、締切りまでにはどうあってもその原稿をとらなければならないのが、編集者の最大の任務ということになっている。しかし、現実の問題として、それがいつもたやすくゆく仕事ではない。さっきいったように、べつに老大家でなくったって、この点大いに悩ませる作家というものはあるもので、そこで編集者の中には、苦しまぎれに威嚇の手に出るオカタもある。

思うに色川さんは、いかに苦しがってもそういう手には出られない編集者であったろう。攻撃的でない性格の人は、しばしば自虐的になる。この暁の疾走はその現われにちがいなかった。

しかし私は、そのときはそこまで考えず、可笑しい人もあるものだと思った。その後、知ったところによると、この人はなるほど変っている。とにかく世の中で、球体のかたちをなしているものが怖いという。若いくせに、クワイなんて変なものが大好物というのも妙である。

そのくせ私は、色川さんが麻雀の大名人であるとは知らなかった。——

実はその前後から私は麻雀をおぼえて、おぼえたてだから、数日おきに徹夜でやるほど熱中した。その相手の中に色川さんもいたのだが、これが名人だとは全然気がつかなかった。――その後、色川さんが雑誌社をやめてからも、断続して麻雀をやる機会が何度もあったが、それでも気がつかなかった。

なにしろ、色川氏が大勝したことも、常勝したこともないのである。

ことわっておくが私は、そのころから麻雀をはじめて二十余年、いまだに点の計算を知らないといういいかげんな男である。そういういいかげんな男には、勝負の神様はサジを投げられると見えて、勝ったという記憶は数えるほどしかない。――その男が、色川氏とは麻雀に強い人だ、という印象を持たなかったのだ。

そりゃ遊んでもらってたのだ、という人もあるかも知れない。しかし私はそうは思わない。遊んでもらうような理由が全然ないからである。

だいいち色川武大先生、やりながら、しょっちゅう眠っている。――それが遊んでる証拠だ、といわれるかも知れないが、数秒間に一巡する麻雀に、一巡毎に「そら、色さん」とゆり起さなければならないのは相当に厄介《やっかい》なことで、こっちはその方でヘトヘトになってしまうのを常とした。それだけひとをナヤマしながら――従って、当然本人も弱りながら、相手を遊ばせている余裕などあるはずがない、というのは私の考えである。これが色川さんの持病のナルコレプシー（瞬間性嗜眠《しゅんかんせいしみん》）というやつの症状であったとは後に知った。

ただ、ふしぎなことはあった。

終始一貫してコクリコクリやりながら、先生めったに打ち込まないのである。そして、アガるときは、薄目をあけて、申しわけなさそうに、「それそれ」という。それからまた、メンバーが余ったときにうしろから見ていると、ほとんど常に、大変な手を作っている。しかも手に決して無理がなく、安全牌ばかりを出している。柔軟無比というか、ふところが深いというか。——「これは妖剣だ」と、うすきみ悪く感じたことをおぼえている。遊んでいたわけじゃなかろうが、むろん色川氏は、かつてくぐりぬけて来た修羅場とは別世界の心境でやっていたにはちがいない。

とにかく当人は何もいわず、こっちは何も知らないものだから——こんなこともあった。雑誌社をやめて色川氏が全国の競輪場めぐりをやっていたころ、ブラリと私の家に遊びに来たことがある。べつに何の用事もない。ただおたがいの顔を見ながらアクビをして、二、三日泊って帰っていった。その間、麻雀などしなかったようだ。

しかし、とにかく大の男が泊っていれば、ふつうなら相当にその存在が意識に上るはずなのだが、この人は何日滞在していようと、全然気にならない。色川さんのふしぎな徳である。

これは色川さんに「我」が見えないせいだろうと思う。この世に「我」のない人間はない。それが全然なければ、人間は生存も不可能である。色川さんにだって、むろんあるにちがいない。のちに色川氏は小説の名手でもあることが明らかになるのだが、「我」の立脚点がなくて小説の名手であり得るわけがない。しかし、少なくとも日常の交際においてそれを他にあらわにすることに甚だシャイなのである。

もっとも、東京生まれの東京育ちの人は、だいたいにおいてその傾向がある。それをむき出しにする田舎者を、苦笑して眺めているところがある。こういう東京人の気性は、私には甚だ好ましい。そして色川さんは、とくにその性がいちじるしいのである。

近作「怪しい来客簿」で色川さんは、傷つき易くデリケートな少年時代の心情をみごとに描き出しているが、これは現在でも色川さんがそういう心情の持主でなければ描けるものではない。自分が傷つき易いから、人を傷つけることにも大変に気を遣う。

さて、この色川武大氏が、やがて数年、忽然として雀聖阿佐田哲也として立ち現われたときには眼をパチクリさせた。

まるでその昔、田舎道場にフラフラやって来た変な剣客が、その実曠世《こうせい》の大剣士であったことを知らされたような驚きである。

おまけに、以前はどちらかというと痩《や》せ型の青年であったのに、怪奇漫画のごとく大膨張して——昔あれほど恐怖していた球体に——御当人が大球体化して出現したのには、こんどはこっちが球体恐怖症になりそうであった。

しかし、その敬愛すべき人柄は昔と同様であることを感じて、安心した。

世に麻雀に強い人は無数にある。プロの数だって、少なくない。

しかしその中で、特に阿佐田さんに雀聖という名が奉られて、人みなこれを微笑して認めているのは、阿佐田さんの例のデリカシー、やさしさ、いたわりの心情が人を打つからに相違ない。

## 最高級パロディ精神

一番最初に読んだのは「乱調文学大辞典」ですね。それでもうゲラゲラ笑いましてね。これは大した才能だと感心して、その後筒井さんのものはチャンスがあれば読んでます。

中でも特に印象に残ってるのはウンコを食べる「最高級有機質肥料」という作品で、あとで読んだところによると、あれは自分で調べたんだそうですね。それは、とってもぼくには及ばないとこで、そういう話を書こうと思っても、ソレを皿にのせて眺めたり切ってみたりするという勇気は出ないね。

まあ、こんなにゲラゲラ笑ったのは他にはない。笑わせるということは実に難しいことでしてね。泣かせることは、映画でも芝居でも割と簡単なんだけど。それと「裏小倉」。あれ読んで、やっぱりゲラゲラ笑っちゃいましたね。

たぐいまれなパロディ精神というか、「裏小倉」でも、もじった歌よりはメチャクチャにでたらめなのがあるでしょ。あれがね……思わず笑っちゃう。だから小説でもそうですね。一応筋があって練ってあるものよりも、発想がメチャクチャな小説があるでしょ。あれはもう誰も真似できないですね。

スカトロジィーを文学の中にとり入れたのは、「宇治拾遺物語」にもあってね。平安朝のお公家さんが女のところに夜忍んで行って、抱き寄せかかったら、恥ずかしいからよしてという意味のことをいうわけ、女が暗い中で。その時に、プーと一発女がやって「いと高らかに鳴らしてけり」という文章なんだけどね。で、男がはかなんで出家しようとする。これがまたおかしいんですよ。それで、あとでよくよく考えてみたら、なぜ女が屁をしてオレが出家しなければならんのだ？　と疑問に思いだすというのがありますね。

しかし、「最高級――」は、古今トップじゃないかな。あれほど徹底的に書いたのは。筒井さんのようなドタバタ小説は、他にはちょっとみあたらないでしょ。だから天才だっていってるんですがね、ぼくは。

もう一つ感心するのは、筒井さんの作品には駄作がないってこと。どんな大家でもね、箸にも棒にもかからないっていう作品があるものですよ。筒井さんの小説にはそれがないんですね。つまり、筒井さんのは、弛みに弛んで書いたら成り立たない小説なんですよ。たとえば二日酔いの弛んだ頭でも何とか書いていける小説ってあるもんですがね、筒井さんのは、最大の緊張力をもっていないと成立しないような内容の小説ですね。

メチャクチャを計算の上で書いているに違いないんだけど、それにしても、とびぬけたメチャクチャでね。タブーに挑戦しているのもたくさんあるんじゃないですか。ぼくらはいろんな通俗的な概念に染まっているところがありましてね。それを全部叩き破り、ひっぺがし、ひっくり返すという……。はじめはユーモアのある人だからユーモア小説を書くんじゃないかと思ってましたけど、全然予測は外れちゃいましたね。俗っぽい、ほのぼのとしたユーモア小説なんてものじゃない方に行ったのは、さすがだと思いましたね。

話は全然違いますけど、たった一作だけ読んでもわかることはあるんですね。たとえば子母沢寛の「新撰組始末記」。ぼくは新撰組の話はあれしか読んだことがない。だけど、あれを超える新撰組のものがあろうとは思えないんですよ。直感としてね。で、子母沢氏の全集が出たときに月報にそう書いたんだけど、偶然その後永井龍男さんが「仕事でずいぶん新撰組の話を読んだけれど、子母沢氏のものに勝るものはない」と書いているのを見て、やっぱりそうだったんだなと感じましたけどね。だからSFってあまり読んだことはないけれども、筒井さんみたいなのが他にあろうとは思えないんですよ。

筒井さんに「万延元年のラグビー」という小説があるでしょ。あれと同じ題材でぼくも書いているんです。「首」という作品ですけど。例の桜田門外の変のあと、一時井伊直弼の首が行方不明になったことがある。それで、その首が転々とする話なんです。昭和三十年代の初め頃書いた作品ですがね。筒井さんは、その話をまったくのナンセンスにしていたんです。擬音の使い方がうまいですね。

擬音を使うというのが、これは一種のタブーでしてね。それを極端に嫌う作家が多いんですよ。それをまた逆手にとって、そのおかしさと凄味を出しているんです。ともかく、びっくりしましたね。SFと呼べるのかどうか。筒井さんの作品は形容のしようがないですね。凡庸なところが、ひとつもないんですよ。小説の破壊者、といえるかもしれませんね。

# 同世界の中の別世界

中井さんは私と同年だそうで、従ってどちらも二十歳前後に戦中を過したことになる。

その中井さんの戦中日記「彼方より」を読むと――そして私にも「滅失への青春――戦中派虫けら日記」「戦中派不戦日記」という記録があるので、それを読みくらべると、他の世代の人々がいだかれるだろう感想より、当然いっそう深い興味をおぼえる。

同じ日、双方が同じ天候のことを書いているのも、当り前の話だが感心する。

むろん二人が同年で、同じ東京にかすかな生を営んでいたからというだけではない。二人とも、同年の青年たちとは別の――両人に限って同じ夢想の世界に生きていたことがわかるからだ。押し詰めていうと、両人ともまるで軍国には不適合なタイプの青年だったということである。

後年私の「不戦日記」を読んだある大学の先生が「頑冥きわまる軍国青年」というような評を下したが、それは戦後の平和酩酊時代からするとそう見えるので、戦時中私は自分のものの見方が一般とはきわめて異質なものであることを痛感していた。

そのころ、旧制中学を出ると、卒業証書と共に教練合格証なるものをくれたが、私は教練の将校から、お前にはどうしてもやれん、上級学校にはいってからもらえ、といい渡された。そんなことをいったって、当時それがなければ上級学校にはいることが不可能に近いのだから私はほとほと往生した。中井さんだって教練合格証はもらわれたのじゃないかと思う。

それくらい私は軍隊の不適格者だったのだが、それにもかかわらず、私から、右のごとき評を受けるような軍国青年の一面はとれなかった。二面も三面もとれなかった。ところが中井さんには、そんなものはカケラもない。凄じいまでの反軍国思想を当時から確立されている。

たとえば、昭和十九年十月二十九日。

私の日記には、おそらくその日の新聞を読んでのことだろう、神風特攻に感状が授けられたことを記し、「これらの隊員すべて吾と同年輩の花のごとき青年、これを思えば実に慚愧《ざんき》の極みなり。ああ、その名神風特別攻撃隊、南海に颶気《ぐき》起らず濤《なみ》吼えず、ただ昭和の神風は特別攻撃隊の魂よりほとばしる。つつしんで讃仰の祈りを捧ぐ」なんて大昂奮でやってるのに、「彼方より」は、アナトール・フランスの「我が友の書」を読了したことを記し、その優雅で隠遁者風の文体を賞し、「いまの己にはかういふ音楽のやうに流れ、こころよく人を浸す文章と、それを書く態度ほどひかれるものはないのだ」などと書かれて、神風特別攻撃隊のことなど一行もない。

これはただ一日だけの記述をくらべての偶然のすれちがいではなく、双方の日記全体の大落差だ。

いまになってみれば私の日記など、背に汗のながれるほどお恥ずかしいかぎりで、中井さんの日記こそ徹底的に軍人と戦争を嫌悪する若者の純粋な文章である。

同じ私の「不戦日記」のある個所に、「悪のみこそは純なものである。善にはまじり気《け》がある」というアルフレッド・ヴィニイの言葉が、前後の脈絡もなくポツンと紹介してある。これは何か感銘するところがあって記したにちがいない。

善悪の視点ではなく、中井さんの戦中日記を一貫しているのは「純」の銀線だ。それにくらべると、私の戦中日記には銅のごときまじり気《け》があると感じないわけにはゆかない。

それにしても、どちらも同様に、幼少時からあの狂的な軍国時代にひたしつくされて成長してきたはずなのに、中井さんの清冽《せいれつ》無比の反軍国的体質はどこから発生してきたのだろう、と、いまだに悪夢の思想の残滓《ざんし》をどこか沈着させている私は、中井さんを別世界の人のように思う。これに対する感嘆と敬意は、日記のみならず中井さんのあらゆる文章に対しても同様である。

# 円満具足のからくり師

かつて私は「八犬伝」という小説を書いたが、そのテーマは、作家の人間性（性格と生活）は、彼の作品の世界とは、まったく無関係な場合があるという例を示すことにあった。

横溝さんの場合も、その例の一つだ。その作品はあれほど凄艶なからくり世界なのに、御当人は穏和で寛容で、むろんタイプはちがうけれどこの点だけは乱歩さんと相通ずるものがあった。

乱歩さんは晩年大社交人であったが、横溝さんは、閉所恐怖症、それにつながる乗物恐怖症という神経症のため、数十年ほとんど外出不可能という状態にあったのである。あの数々の精妙な本格物は、この閉ざされた生活からつむぎ出されたのだ。べつに体験しなくても、頭脳だけから無限に別世界が創造できるという見本である。

私がまだ廿歳代《はたち》のころ、お正月にはじめて羽織ハカマを着たら急にうれしくなって夜おそくおしかけたことがある。横溝さんはもう晩酌も食事も終えてお休みになっていたが、それがわざわざ起き上って来て、最後は私以上に大トラになられた。私は酒のみだが、立場を変えてみると、いまとうていそんな親切なまねはできない。

横溝さんと乱歩さんは、当時の探偵作家中、最もオドロオドロしい、血みどろの異次元世界を描く両巨頭であったが、ほかの作家にくらべてその人生はしごく穏やかで、その終局さえ、最後の病苦はだれしもまぬがれがたいとして、それ以外はすべてにおいて幸福な大往生であったが、それもまたゆえなしとはしない。

# 雀聖《ジャンせい》枯野抄《かれのしよう》

年齢的に、友人知人の訃報をきくことようやくしげくなったこのごろだが、四月十日、色川さんの死を急報されたときほど驚いたことはない。しばし口もきけないほどであったが、やがて彼についてのさまざまな記憶が脳裡をながれはじめた。

まず、私が色川さんを知ったのはいつごろからだろうと考える。

去年の十二月に出た「オール讀物」の臨時増刊に、私の旧作につけ加えて色川氏が、昭和二十年代の無頼な私について書き——おそらく彼が私について書いた最後の文章だろう——その中に「そのうち素敵な美少女が奥さんになり、山田さんの素行もおさまると思いきや、今度はマージャンに凝り出して、徹夜の連続」とある。

「素敵な美少女」とは、彼の天性の一つでもあったサービス精神のなせる表現だが、それはともかく家内が私のところへ来たのは昭和二十七年だから、それ以前からのつきあいだったと見える。

してみると、私もまだ二十代の終り、色川さんは二十代の初めだった。私は世田谷の三軒茶屋に住み、彼はある雑誌の編集者で、のちに彼は当時を「編集小僧の時代」と書いている。

私がひとり泥酔して怪気焔をあげている前で――そうなると一切記憶を失ってしまうのが、当時から今に至るまでの私の習いだが――おとなしく膝をそろえてかしこまっていた、どちらかといえば痩せぎみで、長い髪の毛をフサフサさせていた好青年の色川武大の顔が、ふしぎに記憶に残っている。神妙な顔をしていたけれど、腹の中では何を考えていたやら。

そのころの夏のある早朝、私は原稿を書き終えて、タバコを買いに町に出た。すると三軒茶屋の交叉点方面から若林のほうへむけて大通りを、頭からユゲをたててエッサエッサと走って来る青年がいる。みると、色川さんだ。

私は大声で呼びとめて、色川さんじゃないか、こんなに朝早くどこへゆくんだ、と訊いた。すると、彼はめんくらった顔で立ちどまり、いやあなたのところへ、原稿をもらいに、といった。原稿はできてるが、しかし玉電《たまでん》には乗らなかったの？　と私が

首をひねると、彼ははにかみ笑いをして、

「いや、電車なんかに乗ると、原稿ができてないような気がして……渋谷から走ってくると、神サマがボクを哀れんで、山田さんの原稿ができてるように計らって下さるだろうと……」

と、いった。

渋谷から三軒茶屋まで、四キロくらいはあるだろう。つまり彼はマラソンによって一種の願かけをしたのである。——その、神サマ保証つきの私の原稿なるものがイヤハヤのしろもので、いま思い出しても色川さんに相すまない。

そのうち、この青年に妙な癖のあることも知った。どういうわけか、まるいものを怖がるのである。

リンゴもこわい、西瓜もこわい、ボールもこわい。饅頭こわいという落語があるが、球体恐怖症なんて聞いたことがない。ひょっとしたら饅頭もこわかったのかも知れない。それで後、彼とマージャンをするときわが家では、卓のすぐそばに必ず高い電気スタンドを立てることにした。笠をとると電灯をつつむ球形の玉が出現するスタンドだったからである。

そのくせ、クワイが大好物だというのだから、わけがわからない。あの野菜のクワイだが、クワイだってまるいじゃないか。

マージャンといえば、色川さんともよくマージャンをした。そのころ私は練馬の西大泉に移っていたのだが、遠慮会釈もなく必要メンバーを練馬の奥まで呼びつけた。おたがいに若いということは、遊ぶことにかけては骨惜しみをいとわないもので、当日電報で召集するのに、みなたちまち馳せ集まったのは、いま考えるとふしぎである。その中に、多くの場合色川さんがいた。

さっき色川氏の文章を紹介したが、「素行がおさまると思いきや、マージャンで徹夜の連続」とひとごとのように書いているが、本人がのちに阿佐田哲也と名乗ったほどではないか。

そのころ、暮の二十七、八日ごろから大晦日まで、わが家に全員泊りづめで昼夜ぶっ通しでマージャンをやり、正月三日間休むと、こんどは四日から六日ごろまでやったことがある。終りの日くらいになると、みんな伝馬町の囚人みたいな顔になってしまった。

色川氏はすでに「麻雀放浪記」の時代を終えたあとと思われるが、こちらは色川さんが大名人だとはついに気がつかなかった。そんなに大勝しないのである。のちに彼がエッセイで「適当に遊んであげていたのだ」という意味のことを書いているが、おそらくそうだったのだろう。

ただ、こちらにも少々言い分があって、このころから彼の奇病ナルコレプシー(瞬間睡眠病)がはじまっていたが、とにかく彼の番が来るたびにゆり起さなければならない。マージャンはふつう二秒か三秒で一順する。その二、三秒ごとに、「イ、ロ、サン」と呼んでゆり起す。そのほうに神経と精力を消耗してこちらはヘトヘトになってしまう。そのことも考えてくれ、と、それを読んで私はブゼンとしたことがある。

ただ一度か二度、人数が余って色川さんの背後に坐って観戦したことがあるが、このとき彼の手が、本人はうつらうつらしているのにいつもヤクマンに近い手を作り、しかも必ず安全牌を持っているのに舌をまき、「色川氏は妖剣だな」と、うなったことがある。

それなのに、他人の営為にひどく鈍感で無頓着な一面を持つ私は、まだこの人物が、マージャンの稀代の名人だと気がつかなかったのだから奇怪である。

彼の化かしようはあっぱれというしかない。とはいえ、「遊んでやっていたのだ」といっても、本人もある程度面白がるところがなければ、右のような重労働はやれなかったろうと思うが、天上の雀聖どうです。

その後彼は、編集者をやめて、いちじ消息不明になっていた時期があったが、数年後、昭和四十年代にはいってからだと思うが、飄然とわが家を訪れた。一目見て、私はあっけにとられた。

あのどちらかといえば痩せぎみで、髪をフサフサさせていた色川武大は、額は禿げあがり、まるでお相撲さんのような大肥満漢と化していたからだ。彼は、あれほど怖れていた球体に——彼自身が大球体に変身して出現したのである。

どこへいって、何をしていたのだ、ということも訊いたにちがいないが、それに対する応答は忘れてしまった。どちらかといえば口数の少ないほうであったし、自分自身のことをとりたてて話すたちでもなかった。それどころか、これが相手を面白がらせようとする彼のサービス精神の現われなのだが、自分のことは道化にして語る人物であった。

たしか二、三日泊っていったと思うが、いまから思うとふしぎ千万な話だが、その間マージャンなどいちどもやらなかった。彼とマージャンをたちどころに結びつける考えがまだ私になかったし、彼もやろうとはいわなかった。ただ酒をのみ、むだ話をし、アクビして顔を見合わせているだけだった。そして、ともかくも大の男を泊らせていれば少しは気にかかるものだが、この人は全然そんな気づかいを起させない物しずかな存在だった。ただそのとき、小説を書くからといって、書庫から数冊の参考書を持っていったような気もする。

それからさらに何年かたって、私が知ったときは彼は雀聖阿佐田哲也、かつ純文芸のホープと呼ばれる人物となっていた。私は眼を見はる思いで、そうなると俄然オソレをなして、それ以来いちどもマージャンのお手合せを願ったこともない。

色川氏が戦前戦後の芸能雑誌や映画のビデオの大蒐集家となっていることを知ったのは数年前のことである。

私は昭和十五年、十八歳のときに「映画朝日」という映画雑誌に、「中学生と映画」と題する文章を書き、そのときはじめて山田風太郎というペンネームを使ったのだが、色川氏がその雑誌を発見して私に送ってくれ、かつ所蔵のビデオの尨大な一覧表まで添えてくれた。

中学時代、日中戦争にはいっていたこともあって、当時の中学生に映画は禁制であった。映画館にはいったことが発覚すると停学ないし退学になった。右の「中学生と映画」の文章はその不当性に抗議したものだが、事実私は一大冒険のつもりで映画を観にいった。

色川氏の一覧表の中で、私の観たもの、観たかったけれど観ることができなかったもの数十本をえらぶと、色川氏はすぐに宅配便で送ってくれた。それを毎日毎日観て、私はなつかしがり、ときには涙さえ浮かべるほど大感動した。ついでながら、「人妻椿」という映画で笠智衆が色魔となって出演しているのを見て、腹をかかえて笑ったのもこのビデオのおかげである。

何ヶ月かののち、成城の彼の住まいに返しにいって礼を述べた。それが色川氏と久しぶりに、かつ最後に会った想い出だ。去年の春のことである。そして、秋になって「狂人日記」を贈られて、一読して私は大感心した。狂人ないし狂気の世界を題材とした文芸作品は他にも例があろうが、狂人の眼から正気の人間たちを観察した小説など思いつく者がほかにあろうか。しかもその幻覚に苦しめられつつ、錯乱した意識で、主人公をとりまく哀切な人間関係がみごとに描き出されているのである。

私はふだん現代の純文芸作品をあまり読んだことがないのだが、これには真に驚倒して、「これはまさにノーベル賞に値する」と、冗談ではなく書き送った。

色川さんが成城の借家をひきはらい、東北に引っ越した、という思いがけない消息を耳にしたのも、本人からではなく、人を介してのことである。しかし、それから一ト月たつやたたずで、その地で急死するとは――その驚きは最初に述べた通りである。

心筋梗塞を起したのは、その引っ越しの疲れと、まだ春に至らない土地の寒さのせいではないか。もう一ト月引っ越しを遅らせたらどうだったのだろう、と、痛恨の思いを禁じ得ない。

東京生まれ、東京育ちの彼が、なぜ縁もゆかりもない遠い土地へゆく気になり、はては命を落すことになったのか、右のようなわけで私は知らない。

しかし想像するのに、彼はあまりにやさしいデリカシーとサービス精神に富みすぎて、そのためにまわりに多くの敬愛者を集めたのだが、一方そのために「仕事」には無用の煩いに悩まされること多く、それらを一切捨てて、これも彼の本性の一つである孤絶の世界へ赴こうとしたのではあるまいか。

六十歳で死んだことはいまの世では決して長命とはいえず、特に仕残した仕事の多さを思うと彼も残念だったにちがいないけれど、一方またかねて野たれ死さえ、覚悟はおろか、あこがれていたかに見える彼としては、むしろ年齢的には長生きしすぎたと思い、かつそういうまだ枯野のみちのくでの死に方も、「旅に病んで夢は枯野をかけめぐる」と、どこかうす笑いを浮かべていたのではなかろうか。

# 親切過労死

昭和十年代前半、私の旧制中学時代、映画を観ることはご禁制であった。それが発覚すると停学はおろか、退学になった。

それでも私は観た。なにしろ豊岡という但馬の田舎町である。映画館にかけられるのは、当時のことだから大半はチャンバラ映画である。が、終日かき鳴らされる呼びこみの音楽に抵抗できなかった。それで、決死の大冒険で何度も観たのみならず、「映画朝日」という雑誌に、ご禁制に抗議する「中学生と映画」と題する文章まで投稿した。そのときに使った山田風太郎というペンネームが、ひょんなことでいまにつながってしまったのだが。――

あるとき色川氏が拙宅に遊びにきたとき、そんな懐旧談をした。

すると、その時期の映画でビデオ化されているものは、ぜんぶ自分のところにあるという。のみならず、当時の映画雑誌もだいたい蒐集してあるから、右の「映画朝日」もあると思うという。

数日後、その昭和十五年の「映画朝日」とともに長い手紙が送られてきた。

私は約五十年ぶりに、山田風太郎の名がはじめて雑誌に掲載された――投書欄ではなく、ふつうの頁であった――文章に、こそばゆい感慨で再会したのだが、それはそれとして色川氏の手紙に驚いた。

まずはじめに、ある文学賞についての感想がのべてある。

この人はふしぎな人で、自分をこの世の落ちこぼれと称しながら、意外に文学賞に多大な関心を持っている人であったが、あんなにいろいろ賞をもらうと、一種の蒐集欲を持つようになり、またあらゆる文学賞に一家言を持つようになるのも当然かも知れない。

さて、次に手紙にはこうある。

「お話のビデオ、大体ございます。「幕末太陽伝」だけがございませんが、これもまもなく手に入ると存じます。それから「丹下左膳・百万両の壺」が、わが家のはベータにてVHSにダビングしなければならず、わが家でやると画がわるくなりますので(もともと画がよくありませんが)ちょっと外へ出します。たいした手間はとりません。近日中に昼間にでもお届けにあがります」

「幕末太陽伝」は戦後のものだが、評判はきいていたので私が注文したとみえる。

「それから、只今手元にありますビデオ・デスク類の中から、ひとまず昭和十年代（それ以前も含めて）日本映画だけをざっと並べて記しますので、この中に御用のあるものがございましたらご指名下さい」

と、あって、ズラリと映画名と主演者の名が列記してある。いま勘定してみると一一五本あった。

そして最後に、

「以上、ざっと記しましたが、まだ未整理の物の中にいくらかあるようです。ただし画面はよくないものが多く、また総集篇と称するダイジェスト版もございます。まァコピイと思うほかはないようです。ご必要ならば、外国映画あるいは戦後の作品のリストも作ります」

と、ある。

色川氏がビデオを集めていることはそれ以前からきいていたが、それは怖ろしく人に気を使う色川氏が、編集者などを待たせているサービス用だろうと考えていたけれど、彼自身いちいち見ていたらしい。

別にまたくれたリストがあって、これには監督、脚本、撮影のほかに、それぞれ数十人の出演者の名が列記してあるのみならず、その寸評までつけ加えられている。例えば、

「雄呂血《おろち》」――大正十四年作品。

「無声映画については資料乏しく、くわしい配役表がございません。あしからず」

「河内山宗俊」――昭和十一年作品。

「原節子の初々しさ、翫右衛門《かんえもん》の洗練（ハンフリー・ボガードみたい）前進座脇役の層の厚さ。山中貞雄の最高作という人もいますが、小生は、人情紙風船の円熟の方が……如何でしょうか」

「血煙高田馬場」――昭和十二年作品。

「バンツマがミエを切るたびに、若い編集者たちが笑うのです。彼らを笑わせる程度によくできているのかも知れません。駈けつけの移動シーン、彼らが笑う大立廻りは、ともに当時の話題となりました」

「路傍の石」――昭和十三年作品。

「本来は一三〇分のフィルムですが、所々消失しております。特に後半、吾一の上京以後はかなり不完全なものになっております。しかし私などの場合、幼ないころに観

て印象的だった場面は大体残っているように思います。それからセットや考証に凝っている点も、現在の映画よりマシかと存じます」

といったたぐいである。

この文章を見てもわかるように、色川氏はこれらの映画の多くをビデオではじめて観たわけではなく、封切当時に観ていたらしい。昭和十三年、私でさえ十六歳であった。色川氏は私より七つ年下だから九歳のはずである。いわんやそれ以前においてをや。

色川氏のエッセーを読んで、いつも首をひねるのだが、映画のみならず軽演劇の役者たちについても、昭和前期の人々を身近かにまざまざと描いている。まさに怪少年といわざるを得ない。

しかも、これらの手紙やリストをくれたのが、いまその日付を見ると死ぬ前年のことなのである。

このころの色川氏は——実状はよく知らないけれど——多忙の最大期にあったように思う。そのなかで、これら数日数夜を要したと思われるものを書いてくれたのである。怪老人といわざるを得ない。

この親切は異常である。

怪老人といったが、色川氏の死んだのは六十歳だから当今老人とはいえないかも知れない。その年齢で彼を自滅させたのは過労であると私は見ているが、これは親切過労死ともいうべきだ。

そうそう、もう一人、異常に親切な作家があったのを思い出した。梶山季之氏である。

昭和四十年はじめて私がヨーロッパ旅行したとき、当時は外貨の持ち出しに制限があって、私が困惑していると、どこからきいたか梶山氏が外貨の面倒を見てくれたか、面倒を見ると伝言してくれたかした。ところが私は梶山氏とは一面識もないのである。ずいぶん親切な人があるものだ、と私は感謝したことがある。

その梶山氏も若くして急死した。これも親切過労死としか思えない。

親切すぎる人間は長生きはできない。

# 銭酸漿《ぜにほおずき》の唄

ことし（平成六年）三月二十八日、角田さんのお葬式にいってきた。多摩《たま》聖蹟桜ヶ丘《せいせきさくらがおか》の自宅からタクシーでいったのだが、お葬式がお昼前で、車が渋滞《じゅうたい》して、中野区《なかのく》若宮《わかみや》の角田邸に到着したのはちょうどご出棺の寸前だったので、火葬場へ向う葬儀車をわずかに目送《もくそう》するだけのお別れであった。

二十六日未明亡《な》くなられたことを知人の電話で知ったばかりで、いまのところはほかのことは何も知らない。

とんぼ返りのタクシーのなかで、角田さんと最後にお逢いしたのはいつだったろう、と考えた。どうやら友人の大河内常平《おおこうちつねひら》君のお葬式のときであったような気がする。年をとると、旧知に逢うのはお葬式のときばかりになる。

調べてみると大河内君の亡くなったのは八年前で、角田さんの享年《きょうねん》は八十七だったそうだから当時七十九歳ということになる。

いつまでも軽快な若さを失われないので、あるとき「百まで生きられるんじゃないですか」と冗談をいったら、「冗談じゃない、それじゃ老後の計算が狂っちゃうよ」と半分真顔で笑われた角田さんだが、さすがに大河内君の葬式のとき「ああ、年をとられたな」と、一種のショックをおぼえた記憶があるが、それからの八年間のご日常はどうであったか、これまた存じあげる機会を持たなかった。人は高齢になると、死ぬ前からすでに幽界にいる。

それでも、十何年か前には、わりに時をおかずお逢いしていたものだ。

角田さんを囲む「例の会」というものがあって、右の大河内君や、日影丈吉《ひかげじょうきち》、千代《ちよ》有三《ゆうぞう》、中島河太郎《なかじまかわたろう》、山村正夫《やまむらまさお》などの諸賢と駄弁を弄する集いに私も招かれていたのである。思い出すのはそのころまだ老いの片鱗も感じさせない角田さんだ。

場所は、私の家でやった写真もあるが、多くは早大教授であった千代さんのお世話で大隈会館などであったが、そこで一酌《いっしゃく》を交《か》わしつつ浮世の雑談に半日をつぶす遊民の集いで、この席での角田さんの、森羅万象どんな話題でも打てばひびくような明快な受け答えぶりがなつかしい。

そのメンバー大河内、日影、千代、そして角田さんと次々にあの世へ席を移し、

「例の会」はいまや「霊の会」となってしまった。

次に思い出すのは、さらにずっと以前のカブキ見物である。

昭和三十年代に、江戸川乱歩《えどがわらんぽ》、角田喜久雄《きくお》、城昌幸《じょうまさゆき》氏らと、常連ではないが夫人たち、そして私たち夫婦もトトまじりして、ほとんど毎月、カブキを見にゆくのを行事とした。はじめは「勘三郎を観る会」、あとで「尾上多賀之丞《おのえたがのじょう》を観る会」と称した。

カブキもむろん見たが、それよりもこれも雑談会といったほうが適当な会であった。夜の部の第一幕が終ると休憩で夕食をとる。食堂に集まって酒など飲みながらしゃべるのだが、それが芝居が始まってもそこを離れず、雑談をつづけていることのほうが多かった。

その席で、いま新派の大幹部だがそのころはまだティーン・エージャーの波乃久里子《なみのくりこ》さんや、のちに二枚目スター高橋貞二《たかはしていじ》と結婚し、高橋が事故死したあと跡追《あとお》い自殺した、銀座の有名な酒場ボルドーの大美人の娘さんが、いつもつつましやかにお相伴していたのも、いまではふしぎな想い出である。

こちらの駄弁は縦横無尽で、いつか機会があったら、記憶に残るその一端をスケッチしてみたいと考えている。むろん角田さんはいちばんの論客であった。

しかし、それらの想い出より角田喜久雄の名をきいて何より印象に残るのは、中学生のころ読んだ『妖棋伝《ようきでん》』だ。

親戚に雑誌「日の出」をとっている家があって、たまたまその一冊の中の「妖棋伝」を読み、その面白さに目を見張って、連載はすでに終っていたが、そのころ田舎では雑誌を大事にとっておく習慣があったので、それを全部探し出して読み通した。

この作品は伝奇時代小説なのに、推理小説の有名な大トリックが使われているのだが、当時そんな知識のまったくない私はほんとうにびっくり仰天した。

そしてその感心が尾をひいて、つづいて『髑髏銭《どくろせん》』も読んだ。これも面白くて、この作品に登場する脇役の「銭酸漿《ぜにほおずき》」という怪人が気にいって、なんと「銭酸漿の唄」という歌まで作ったのである！

少年時代、但馬《たじま》の田舎の家で腹這《はらば》って読んだとはいえ、これほど心奪われた小説の作者に後年お近づきになったのみならず、五十数年後、その柩《ひつぎ》を見送るめぐり合せになろうとは。

# Ⅳ

# 風眼帖

# 風眼帖

(1)

全集の月報に、本人が何か書かなければならないそうだ。それが、大変気が重い。いやしくも個人全集を出してもらい、ほかの方々も何か書いて下さるというのに、本人がイヤだなどとはいえた義理ではないのだが、正直なところ、自作についても自分についても、ことさら何も書くことがないのである。

小説は読んで面白がって下さる方があればそれでいいし、自分は可笑しくも悲しくもない人間である。——といってしまえば、ミもフタもない。それに、考えて見ると、世には自作について、自分について滔々と物語ることを好まれる人が多いのだから、自分の方がやはり異常なのかも知れない。

私は、とにかく十六巻の全集を編むことが可能なほどの分量の原稿を書いているのに、自分のことについて書いたものが、皆無とはいわないまでも非常に少ない。

ただ、ことしの春、私が二十三歳のころの日記を出版してもらったのが珍らしい例だが、それも自分のことを物語るのが目的ではなく、空襲下の東京を資料として出すというのが目的であった。そのときの朝日新聞の批評に、

「山田風太郎はその後、これをしのぐ作品を書いていないような気がする」

と、お面をとられた。つまりこの全集はその落第作品の総まとめである。それはそうかも知れないが、しかしまあ、好みの問題もあるでしょう。

とにかく私は、そういう眼で見る人もある自作について、あるいは自分でも「空《くう》」と認めたくなることもある自分について、何か書かなくてはならないのである。従ってこれは、いかに自作や自分が語るに値しないか、ということを語る文章になるだろう。

まず私は、どういうわけで、曲りなりにも作家などいうものになったのであろうか。これが少年にして志を立て、大いに奮闘して世に出たなどいう苦心談があると面白いのだが、いくら首をひねってもはっきりしたそんな想い出がない。

根本の動機は、どうも自分の横着《おうちゃく》さにあるようだ。せっかく医者の学校を出ながら医者にならずにフラフラこの道を歩き出したのは、より怠惰に生きる方便として、医者よりも作家の方がよさそうだ、という判断からであったような気がする。べつに何らかの成算あってのことではない。

大体私は、計画とか準備とかは大の苦手である。若いころ受験勉強ということが大きらいであった。受験勉強なんて好きな人もあるまいが、それでもたいていは我慢して或る程度はやるものだが、私の場合は、いやとなったら頭がてんで受けつけないのである。現在でも、相当長期にわたる旅行でも、到底スケジュールなんか立てることが出来ない。それどころか近ごろでも、箱根にゆこうと思って小田急に乗ったら江の島につれてゆかれたり、八王子にゆこうと思って京王線に乗ったら高尾山に持ってゆかれたりするようなことをしょっちゅう繰返している。ヨーロッパへ二度いったが、二度とも飛行機に乗ってはじめて「はてオレはヨーロッパのどこへゆくのか知らん?」と、与えられた旅程表を見る始末であった。つまり、ゆきあたりばったりなのである。

私だけではないと思うが、私の心に巣食っている或る思考がある。それは今自分のやっていることは「臨時作業」であるというものの考え方である。

　こんど全集を出すに当って勘定して見ると、私は忍法小説の長篇を二十七篇、短篇を七十篇書いている。昭和三十三年から今まで約十三年間、ほとんどそればかり書いているあいだ、絶えずこれは臨時作業であるという意識から離れられなかった。

　十三年間同じ世界のものばかり書きつづけて臨時作業もないものだと自分でも思う。それではほかに本来やるべき、またはやりたい仕事があるのか、それはどんなことであるかときかれると、頭をかいて、何もないと答えるしかない。ともかく最初から横着精神ではじまったことである。おそらく死ぬときも、自分の一生は臨時作業であったという思いを抱いて死んでゆくにちがいない。まるで砂の上で同じ石をあっちへ転がしこっちへ転がししているような日々であった。（ダンテの地獄の中に、そんなのがありましたな？）

　そして、私から見ると、自分ばかりでなくほかのどんな人も、たいていはそれと大差ないことをやっているような気がする。

　かつて乱歩先生が、若いころの私に、「君はニヒリストか」ときかれたことがある。私は「そうではありません」と答えた。しかしその後大井廣介氏が、「風太郎の野放図さは、革命反革命の彼岸ともいうべきニヒリズムを芯にしているとは私の偏見か」という意味の批評をされたのに対し、自分のやって来たことをふり返って、このごろは、まさにその通りと肯定せざるを得ない気持になっている。

（2）

ニヒリズムというものは、思想的にいえばいろいろ難しいものであろうし、現実的にニヒリストというと、青い顔に長い髪の毛をたらして性格破産者みたいなことを口走る生活無能力者といった像が浮かびあがる。実際にそういうタイプの人物にいくどか逢ったこともある。

乱歩先生が「君はニヒリストか」ときかれ、大井廣介氏が「忍法帖の芯はニヒリズム」といわれたのは、むろん前者のごとき深遠なものであるはずはないし、また後者の如きタイプは私の最もウンザリするところである。

だから私は、そうではないといいたいのだが、よく考えるとそうはいい切れないところがあるような気がする。

例えば、「往事茫々夢のごとし」というのは、人が過去をふり返って見たとき、誰でもが抱く感慨であるが、そうではなくて、私はいまだかつて「今生きている」という自覚のあったためしがない――というのはオーバーだろうが、どうもほかの人より稀薄なような気がする。今の一瞬を常に夢のように感じて生きている。これを書いている現在ただいまもその通りである。

また。――

顧みると、私の少年時代はすこぶる少年らしくなかった。青年時代は甚だ青年らしくなかった。中年もまたそうであった。そしておそらくは老年もまたそうであるとすると、「わが人生そも何ぞや？」と、われながら首をかしげたくなる。

また。――

私はむろん幸福でありたいと願っている。しかし一方では幸福であることを軽蔑し、幸福であることに劣等感を持ち、幸福から逃げ出したいとも願っている人間である。自己破滅を願望する衝動は絶えず心の底にあるようだ。

また。――

私はもう一つ別の人生を送りたいと熱望している。むろん今の生活がそれほどいやというわけではない（もとより満足しているわけではない）。ただ、これはこれとして、もう一つ別の人生を――それがどんな人生でも――送りたいと考えている虫のいい人間である。

また。――

私は何事でも、だれかが先にやったのではないか、だれかが先に言ったのではないかと考えて、何をするにもつまらなくなり、何を言うにもつまらながってやめたくなる人間である。

ここまで書いて、すでに以上のようなことを誰かが書いているようなおそれを感じる。——果然、私のようなタイプの人間は世に稀ではないのだ。

右に述べたような自画像とはいろいろ矛盾しているところもあるが。——

「彼は敏感であると同時に冷淡である」

「彼らの中には、誰とでも交わるのんきで皮肉な者もいる。それは特に誰を好むということではなく、結局誰と交わっても同じことだからである」

「彼は絶えず人々と接触していながら、その人々を知らない。というのは、むしろ人々を理解せず、自己と異るところのものはすべてこれを否定し、過小評価しようとするからである。彼は微妙な個人差に対するセンスを持たない。彼と人々の間にはガラス板が存在する」

こういうタイプの人間の心的特徴を述べた右の文章を読んで、私は、これはオレだと慄然としたことがある。しかし、世にはやはり「これはオレだ」と苦笑する人も、案外少くないのではないか。右の文章はクレッチュメルの言う「精神分裂症患者」の特徴である。

私がニヒリストであるかどうかは甚だ怪しいけれど、このタイプに属する人類の一人であることはたしかなような気がする。――

私は自分にあまり興味がないといいながら、なぜこんな風に自分を分析してみたのか。それは私の忍術物語は――御大層なことをいうな、という失笑を承知の上でいえば――まさに右のごとき心性から発した世界ではないかと思いはじめたからである。

空しいことと承知してやっているのである。いや、空しいことでなければやれないのである。

別の見方をすれば、自分のまわりにガラスの壁があるから、そこから変身して外に出たいという願望、それにもかかわらず所詮は自分だけのガラスの中の世界。

すなわち忍法帖は、ニヒリズムの産物でなければ、精神分裂症気質の人間のガラスの壁の中の遊戯なのである。――ただし、表現力はまた別の話だから、それが以上の心的風土から発生したといっても、なに、それほどの凄味はないじゃないかと言われればそれまでのことではあるが。

（3）

まじめな文学の見地からいうと、ストーリイ・テラーというものはあまり尊重されないようだ。それにも一理あるが、それはそれとして私の見たかぎりでは、職業的にいえば、この能力の持主がいちばん長つづきするようである。

書くものの性質によるけれど、大ざっぱなことをいえば、二、三作書いて、その人間観察が新鮮であったり、文章が繊細《せんさい》であったりして評判になっても、いつかそのうち消えてしまう人が少くないのに対し、嘘っぱちの話を次から次へといくらでも手繰《たぐ》り出す才能のある作家は、いつまでも図々しく生き残っているようだ。

そこで私は、自分にストーリイ・テラーの才能があるのだろうか、ないのだろうか、と考える。現実にいままで二十五年間物語作者として生活して来たのだから、自分のことであるが、その能力が極めて乏しいとは常識的にはいえないだろう。

しかし、よく考えると、この常識に矛盾するような素質がずいぶん私にはある。

そういう物語作者なら、さぞかし頭の回転が早くて器用なたちであろうと思われるかも知れないが、現実的には、例えば私は座談などでも当意即妙の軽口など、常人よりも劣っているのではないかと思われるふしがある。雑誌などでも、こういうものを書いてくれと頼まれても、全然その要求に応ずることが出来ない。その点、ほかの作家の方々より恐ろしくぶきっちょであるような気がする。

また、物を書きはじめてから、たいていの作家にも一時期はあるという、こんこんとして想が溢れて筆がとまらないなどという経験はいちどもなく、またピンチヒッターとして一夜で物して雑誌を助けたというような妙技を演じたこともない。

それからまた、子供たちが幼いころ、よく「お父さん、なんかこわいお話して」などせがむのに、どんな単純な物語でもすぐに出て来ない。そこで、いつも、

「昔々、越後の国は蒲原郡たけのこ谷を通って、蛸壺峠へかかって……」

と、この話ばかりするものだから、子供たちは、

「そらまたはじまった、あの蛇御飯の話でしょう」

と、鼻を鳴らして笑い出すのを常とする。いうまでもなく「吾輩は猫である」の中の迷亭の話で、それしか頭に出て来ないのである。

さらに、私はふりかえって、いわゆる伝奇物語など、同業者にくらべてその読書量が極めて少ない方ではないかと思われるふしがある。全体としての読書量は少ない方ではないと思うのだが、そのたぐいのものは、どうもあまり多くないのである。それ

はそのたぐいの全集などが出て、あちこちから解説とか推薦《すいせん》の文章をよく依頼されるのだが、世に広く知られたその道の有名作であるにもかかわらず、たいてい未読のために辞退するほかはなく、「ウーン、おれは何を読んでいたのかな」と、自分の読書歴に不安をおぼえることが多いことからでもわかる。

さらにまた私は、忍術物語というおびただしい怪異譚を書きつづけて来たくせに、現実には、いわゆる怪力乱神を全然信じないのである。世にはいまだに迷信、まじない、祈禱、占いのたぐいが数多く行われている。私が若いころ、医者という職業が好きでなかったにもかかわらず、いちどはその職業をえらびかけたのも、その理由の一つに、この日本から右のごとき迷信のたぐいを一掃してやりたいという望みがあったくらいである。

それなのに、実際には私は、えんえんとして十三年間伝奇小説を——それも荒唐無稽の忍術物語を長短合わせて百篇前後も書きつづけて来たのだ。

これはいったいどうしたことか。

最初のうち私は、「凄惨美の世界を描く」と高言した。幻妖の架空世界を創造して読者を面白がらせるということに、芸として一種の熱情を燃やしたことがあるのは事実である。

しかし、それが十三年間、百篇に及ぶというのは、いくら考えても不可解である。どんなことに対しても、それほどの気力も体力も持ち合わせていないはずの「疑似ニヒリスト」の私だけに、自分でもよくわからない。

おそらくその原動力は、やはり疑似ニヒリストであったせいではないか。——だから、すぐに消える幻の花火を、いつまでも夜空に打ちあげるという空しき作業に耐え得たのではなかろうか。

(4)

先日、或る人と酒談していて、「家」の話が出た。昭和四十七年現在において、住宅ほど人々を苦しめている問題はない。いや、終戦以来三十年ちかく、それはいっときとして人々を解放したことのない悩みである。その人もむろんそのことで困惑している人であった。

「僕は家で困ったことはないな。少くともその点だけは恵まれていたと思う」

と、そのとき私はいった。

「その点だけは、なんて、今それにまさる幸運はないじゃないですか」

「家に困らなかった話、という随筆を書こうか」

「そんなこと書くと、殴られちゃいますぜ」

と、相手は苦笑した。むろん私も相手が極めて親しい人だから口にした冗談である。

そのときは冗談のつもりであったが、その話をやはりここで書こうと思う。得意で書くのではない。——そう取られてもやむを得ないが、少くともそんなつもりでこんな話を書くのではない。

家に困らなかったといっても、むろん私が松下幸之助さんみたいな金持であるはずはない。またそんな立志伝もない。いずれにしてもささやかな話だから書くのである。また、人さまがこれほど家に困っている時代に、べつにそのためにそれほど力闘したおぼえもなく、さればとて金作りに大才能があるわけでもなく——それどころか、常人以上にその点には無能力であるはずの——私が、妙なまわり合せで家だけには困らなかったという「運」の話をしたいために書くのである。結局、まあ幸運であったのだが、ひとの幸運の話はきいても胸クソが悪いという人もおありだろうから、そういう人はお読みにならんでいただきたい。

昭和二十年秋、医学生であった私は、学校が疎開していた信州からほとんど手に一物も持たず東京に帰って来た。東京はただ一面の焼野原で、人々は多く焼けトタンの鶏小屋みたいな小屋に住んでいた。むろん学生を下宿させてくれるような余裕のある家はなかった。家不足ということでは、現代よりも徹底的であった。

私は途方にくれて、疎開前に下宿していた人を訪ねあてた。その人の目黒の家もむろん焼かれて、わずかに焼け残った世田谷区三軒茶屋の一劃の、六畳二間、三畳一間という小さな家に住んでいた。しかも家族を疎開させて、たった一人で住んでいた。

私がゆくと、その人は戦後の再会をよろこんで、「おう、来てくれ。ただでいいから、いてくれ」といった。――その主人は軍需工場をやめてまだ定職がなく、従って家族を呼ぶことも出来ないので、一人暮しのさびしさに耐えかねていたのである。

私は大きな顔をして、ただでその家の六畳の一つを占領した。処女作「達磨峠の事件」を書いて、「宝石」の第一回懸賞小説に当選したのはその家にいたあいだのことであった。

そのうちに、その人もやっと田舎から奥さんや子供さんを呼べる状態になった。――そのとき近隣の或る家がぽかっと空いたのである。たしか昭和二十四年の暮であった。

私はそこの家主さんのところへいって、「あの家を貸してくれませんか」と、大して期待もせずに頼んだ。すると家主さんは、私が医学生であることを知って、ひどく信用してくれてすぐに貸してくれた。六畳に四畳半、三畳、それに三畳の台所がついて、ちゃんと庭もあり、塀も門もある。――当時或る編輯者が、「ちょっと小粋な家じゃありませんか」といったくらいの家であった。

そこに引っ越したとき、私はうれしがって、乱歩先生と高木彬光氏を呼んだ。乱歩先生は一升瓶をぶら下げてやって来て下さった。こっちは独身者だから、まるで山賊の酒宴のようなものだ。いまから思うと、呼ぶ方も呼ぶ方だが、よく気楽に来て下さったものだと深い感動をおぼえる。

とにかくそれが家賃三千円で、当時としても破格の安さで、なお間借りにすら苦しんでいた学友たちは大いに羨ましがった。私の「推理作家」時代は、この家に住んでいたころのことであった。

昭和二十八年に私は結婚し、その家であかん坊が生まれて、三人家族になった。しかし私には新しい家を作って引っ越しするなどという才覚は全然なかった。そのころはむろん推理小説を書き、注文も大いにあったのだから、普通のサラリーマンにくらべて収入も多い方だったと思うのだが、大酒ばかり飲んで変なところをうろつき回り、出版社からもらう小切手は銀行で寸刻をおかず現金に変って電光石火のごとく消滅した。

そのころ銀行の人に、

「山田さん、いちどくらいお金を少し残しておいて下さいよ」

と、苦笑しながらいわれたことをおぼえている。そういわれても、私も妻も、けろっとしていて蛙のつらに水であった。

(5)

三軒茶屋の家にようやく手狭まを感じはじめたころ——といって、それほどの不満もなく、それよりも家を新築するなどいう考えが全然脳髄に発生しないのに——夏目漱石でさえ一生借家住まいをしていたではないか、作家ともあろう者が家を建てるなどいうことは言語道断である、という観念が、どういうわけか牢固としてそのころの私の頭にあった——突然、光文社の「面白倶楽部」の編集をやっていた大坪昌夫氏(のちに「小説宝石」編集長)がやって来て、いい出したのである。

「こんど練馬区の西大泉に土地を買ったのだが、隣りの土地が空いていて、そこも売りたいと地主がいってるが、来ませんか」

昭和三十年のことであった。八十坪で三十六万円だという。現代とは貨幣価値がちがうけれど、それにしても当時の地価を思うと、まるで嘘のような気がする。ところが。――

「そんな金はないよ」

私は憮然としていった。そのころの私には、それは少くとも二カ月分以内の収入で何とかなる金額であったと思う。それがないのである。

「光文社で半分貸すから、半分は講談社で借りなさい」

それで、そうした。すると、光文社出入りの大工さんがやって来て、金のことはあまりいわないで、どんどん四十坪あまりの家を建ててしまった。金は、原稿料から差引かれているうちに、知らぬまに返していた。いまなら、土地を買って家を建てるから金を貸してくれといっても、講談社も光文社もとんでもないと眼をむくだろう。

「忍法帖」が誕生したのは、この西大泉の家である。

そこに住んでいるうち、家庭の生活はともかく、書庫から溢れ出す書物に困惑するようになった。――

すると、昭和三十八年から三十九年にかけて、突発的に忍法帖シリーズ全十五巻がばかばかしいほどのベストセラーになるという異常事態が生じた。まだ町の本屋には第三巻とか第四巻しか出ていないのに、本になっていない第七巻とか第八巻とかが数万単位で増刷をくり返しているなどいう大怪事は、むろん私にははじめてのことであったし、おそらく絶後であろう。

要するに、そのおかげで私は、書庫の増築どころか、家そのものも一翻《イーハン》か二翻《リャンハン》つけて現在の多摩丘陵の桜ヶ丘に飛び移ることが出来たのである。むろんそれに要した費用の倍くらいの税金を支払った。昭和四十一年春のことであった。

つまり私は、十年ごとに、倍、倍の家に入るような案配になったのだが、そのための特別な努力とか自発的な才覚など何もしていない。すべて他動的現象である。

「いや、それはともかくもそれだけの才能があったからだ」

と、いってくれる人があるかも知れない。私もそういって自慢したい。しかし、ほんとうに才能があるなら、忍法帖は昭和三十三年から書いているのだから、もっと早くベストセラーになってもいい理窟だし、それ以後も継続しそうなものだが、そんな怪現象はそのときだけである。――「運」だ、と怪力乱神を信じないはずの私が、狐につままれたような顔をして呟かざるを得ないのはこういう見地からである。まあしかし、本質的に私はベストセラー作家などいうものからは縁の遠いたちだと自覚しているから、こういうことは一度だけで望外のことであった。

家の話など、実はどうでもいいのである。だいいち疑似ニヒリストにはふさわしくない。しかし、と私は考える。

こういう現象は、私にとって家だけであろうか？　そこで私は、改めて自分の人生をふり返らずにはいられない。

私の昭和二十年の「戦中派不戦日記」の中に、こんなことを書いている。

「余のごとく幼にして父母を失い、身体弱く、心曲りたる者にして、なお足らずながらともかくも勉学させてくるる人あり、みな宿と食に苦しむ今、安らかなる臥床と豊かなる食を与えてくるる人あり。鷗外の「天寵」の主人公は憎めざるエゴイストなりしが、余は憎むべきエゴイストなるに、しかもかくの如くなる、決して天意にあらず、されど「天寵」以外の語にて表現する能わざるなり」

この中で、今から思うと鷗外の「天寵」というのはまちがいで、その短篇の題名はたしか「二人の友」であったと思うが、それ以外はまったくこの通りである。

(6)

自分は幸運児だ、とヤニ下がっている男を見たら人は嘲るだろう。ましてや大したこともないのに、天寵などという大袈裟な言葉を持ち出したら、ふざけるなといいたくなるだろう。そういう人物を世におめでたい男という。

しかし私は、どう自分を卑下してみても、いわゆるおめでたいタイプではない。そうであったら幸福だろうと思うけれど、残念ながらそうではない。ただ世間普通の人にくらべて倖せとはいえない運命、また倖せであるはずのない人間に生まれながら、現在人並み以上に天下泰平の暮しをしていることを考えると、やはり私の小さな天寵と思わないわけにはゆかないのである。

それは、どんなことであるかというと――それを説明すると同時にもう一つ、私は終始一貫していわゆる文学青年であったおぼえはないにもかかわらず、後年ともかく筆を以て生活するようになったのは、やはり何か無意識的な訓練をしていたのではないかと思われるふしもあるが、それより、その倖せとはいえない運命、倖せであるはずのない人間であることと密接な関係があると思うので、自分でも点検するために、そんな想い出を大ざっぱに書いて見ようと思う。

大ざっぱにしろ、私は幼年時代からの想い出など、書くのはこれがはじめてのことである。

私は大正十一年、兵庫県の但馬の山中の医者の家に生まれた。父のみならず、父方、また母方の一族にも医者が少なくなかった。

なんぞ知らん、この大正十一年生まれということが最も悲劇的な年代であろうとは。

——

正確な人口統計表を調べればはっきりすると思うが、いつぞや何とかいう保健薬の広告に、「頑張れ大正年代！」というような言葉とともに、大正生まれの人口の現在のグラフが出ていた。同じ大正でも、先に生まれた人口ほど少なく、後に生まれた人口ほど多いはずで、それはゆるやかな斜線であるべきである。ところがそれを見ると、大正十年、十一年、十二年が、それ以前よりぐんと沈んで、線は下なりにカーブを描いているのである。なかんずく大正十一年が一番沈んでいる。それは男女の合計でそうなのだから、男ばかり、しかも終戦直後に描いたら、もっと甚だしかったにちがいない。十五歳にして日中戦争に入り、十九歳にして太平洋戦争にぶつかり、二十三歳にして敗戦を迎えるという、私のいわゆる「死にどきの世代」の運命は、ドンピシャリこの大正十一年生まれを中心に重ね合わされたのであった。

自分だけを——または自分の世代だけを大悲劇のごとく考えるのは、あまり男らしからず、いわんや私は生きているのだから愁嘆顔することもないのだが、それにしても後年二十歳前後で戦死したおびただしい小学校時代、中学時代の友人を思うと、つくづくと不愍《ふびん》に堪えない。年が寄れば寄るほど、なおさらその思いがつのる。彼らのうちついに女を知らずに死んだ者も相当の割合に上るだろうし、それどころか、ろくに美味いものも食ったおぼえがなくて死んでいった者が多いのではないか。

後年私は「太陽黒点」という推理小説を書いたのは、彼らへの鎮魂歌のつもりであった。あまりにもつかなかったこの世代が、のちの「太陽の季節」族へのやり切れない怨念を抱くという——むろん推理小説にかぎり、その動機としては許されると私が判断した観念的なもので、その怨念の不当であることを示すために、ちゃんと犯人は小説の中のみならず読者からも憎しみを以て罰せられる人物として描いた。これに対して、その戦後世代に属する批評家から、「戦争責任者はこの犯人の世代ではないか」と、小説から離れた感情でかみつかれたのは、その私の配慮にひっかかったのである。しかし、十五歳で日中戦争、十九歳で太平洋戦争に叩き込まれた世代に、「戦争責任者」と刻印を打つのはあまりにも無知であり無神経ではあるまいか。

さて、家には「漱石全集」「鷗外全集」「沢柳全集」「ユーゴー全集」「マーテルリンク全集」などがあったが、父が特に文学に興味を持っていたかどうか知らない。田舎の医者の装飾品であったのかも知れない。いや、いろんなことをたしかめる以前に、私が五歳のときに、父は皮肉な偶然で檀那寺へ往診にいって、そこで脳溢血で倒れて死んでしまったのである。昭和二年、四十一歳であった。

私は、口髭の下の父の唇を筆でぬらした記憶はあるが、むろん自分の運命が一変したことを知らなかった。私はまた、そのとき寺に沢山集まった会葬者の大人をつかまえて、マリナゲをせがんだことを憶えている。秋の日で、寺の庭には赤い葉鶏頭が燃えていた。

(7)

幼年時代、私はまず「幼年倶楽部」をとってもらった。大河内翠山の講談「後藤又兵衛」などというのがのっていて、何かといえば又兵衛が「ナニガナーンダ」と威張るのが面白かったが、大河内翠山師匠の御子息がのちに東大総長になられて、全学連に向って「ナニガナーンダ」とはゆかなかった——ことになろうとは、ああ、だれにしても歳月転変四十年。

それから「小学生全集」なども買ってもらい、芥川龍之介の「アグニの神」がうなされるほど怖ろしかったことを憶えているが、それよりも圧倒的な印象を残しているのは、なんといっても四年生のときから読み出した「少年倶楽部」である。

それが少年時代で、ほかのどんなことより一番愉しい記憶として残っているところを見ると、やはり後の物書きの素質はいくぶん芽生えていたのかも知れない。村で「少年倶楽部」を遠い町の本屋から届けてもらうのは私だけであった。月に一度、それが来たときの、まるで渇えていた者が甘い果汁に飛びつくようなうれしさを、そのころの表紙、さらに印刷の匂いとともに、いまだにまざまざと思い出す。

「少年倶楽部」の再評価が云々され、その名作選などが刊行されはじめたのは昭和四十二年の暮からであったが、それ以前の昭和三十九年に私は旺文社の雑誌にすでに次のようなことを書いている。

「「少年倶楽部」が日本の或る時代の——しかも相当長期間にわたって——少年たちに与えた影響は実に大きいものと思う。しかしいわゆる〝文学史〟などには、「少年倶楽部」は黙殺されて、「赤い鳥」などが残る。これには理由もあることだが、しかし嘘の分子がある。僕はこれに似たきれいごとが、あらゆる歴史書にありはしないかと思い、史書に対して一つの不信感を持っている」

吉川英治の「神州天馬俠」は、私が読み出す大分以前の年代のもので、古雑誌をもらって、前後の順なく、かつあちこち欠けたまま読んで、しかも巻をおく能わざらしめる面白さであった。ところが昭和十二年ごろからはじまった「天兵童子」の方はもう読んでいない、私は中学二年であったか、三年であったか、もうそろそろそういうものから離れかかっていたからであろう。――後年、またその世界へ自分の眼が先祖返りしてゆこうとは、神のみぞ知る。

もう一つ、夏休みなどで母方の祖父の家にゆくと、そこも医者の家にはちがいなかったが、蔵書はもっと通俗に徹していて、そこに講談社の「講談全集」や、平凡社の「大衆文学全集」や、改造社の「世界大衆文学全集」や、さらに叔父たちが買った「譚海」などがあった。

この中で、とくに「講談全集」によって、日本の庶民の英雄たちの概念を得ることが出来たのは、後になってどれほど役に立ったかわからない。(「立川文庫」というものを読んだ記憶がないのは、もうそのころには世間から消えていたのか)後年大家になりすませた方々の名を、「譚海」の中に思い出すことの出来るのも微笑ましい。山本周五郎大先生のロボット襲来小説「鉄甲魔人軍」など、当時の用語でいえばすこぶるつきの面白さであった。

それからまた、これらの全集類の中から探偵小説を読んで、そのころ医者の学校へいっていて帰省中の叔父の一人と、「探偵小説は文学なりや」と大論争をしたことをおぼえている。叔父は文学たり得るという論であり、私は文学たり得ないという論であった。但馬の海辺のさびしい村で、小「木々高太郎」と、小「江戸川乱歩」は、すでにこの永遠に解決出来ない大命題を論じ合っていたのである。

さて、中学二年から三年へかけての春休み、母が死んだ。三十九歳であった。

父の死には、あまりに幼くて何の意識もない私であったが、母の死は応えた。最もそういうことに感受性が烈しく、かつ耐える力のない年齢である。この日から私の世界はすべて薄闇と化してしまった。

感情的な悲しみとともに、理性的にも、自分は何のために勉強し、何のために生きているのかわからなくなったのである。いま思い出すと、それほど自分は孝行息子ではなかったはずだが、と不思議である。それほどの激情が自分にあったのが不思議である。

その悲しみや絶望感を慰撫してくれる者は天地になかった。その役をつとめてくれた人が、それまで母であったからである。——今、当時をふりかえって不思議がる自分が、すなわち当時の他人であった。

そのことが、せめて小学生時代か、または大学時代であったらまだしもと思う。中学生のころの母の死の絶望感にくらべたら、失恋の打撃など知れたものだと思う。

(8)

さて、母が亡くなってから、私にとっての闇黒の十年が始まる。

べつにそれで丁稚《でっち》奉公に出されたわけではなく、面倒を見てくれる叔父、祖父、その他親戚はあり、あとあと上級学校へ進学することにも疑問を持ち得ない生活ではあったのだが、闇黒は自分の内部から吹き出したのである。

この月報に、私が中学三年か四年のころ教えていただいた奈良本辰也先生が「成績はよかったが教員室では問題児で、黒幕的存在であった」と書いて下さっているが、まさにその通りで、しかも奈良本先生が在職していられたころはまだ序の口であったのだ。

もっとも、支那事変の末期、太平洋戦争のはじまる直前で、日本は異様な時代でもあった。何しろ町の饅頭《まんじゆう》屋に中学生が饅頭を買いに入っても殴られる。いわんや映画などとんでもない話で、映画館に入る姿を見るとすぐ「補導協会」とかいう組織で、町の人々が学校に密告するという騒ぎであった。徳川時代は国民総隠密とでもいうべき時代であったが、考えると太平洋戦争以前もその通りで、ひょっとすると日本という国は現代でも同じかも知れない。

　また毎朝、授業の始まる前に東方遥拝、それから軍人でもないのに軍人勅諭を朗唱させられる。私はその間、隣りの友達と小声で話をしていて、ひきずり出されてビンタを食わされたことを覚えている。それは体操の先生であったが、先生は叱咤した。「不忠者！」——私はオーバーだとは思ったが、何しろ先生の方は誠心誠意怒っているのだから助からない。

　今の時勢から見ると、きちがい沙汰だ。そしておそらく今の時点からのみならず、どう考えたってノーマルではない。昭和十年代は国民総発狂時代と断定してまちがいはない。

　そのころから私は「おかしいな」と漠然と感じてはいた。当時「映画ファン」という、雑誌の名は通俗的だが内容は必ずしもミーチャンハーチャンばかりではない映画雑誌があって、たまりかねて私が、昭和十四、五年ごろであったと思うが、それに「中学生と映画」という論文を投稿したことがあるのはその証拠である。これは読者欄ではなく、堂々二頁見開きで掲載された。要するに、中学生にも映画を見せろ、そんなことは何でもないいじゃないかという趣旨であったと記憶しているが、これがそういう扱いで載せられたのは、私の中学だけでなく全国どこでも同じような現象があったからであろう。むろん本名ではたちまち処分を受けるから——実際はどうであったか疑問だが、中学三、四年でそういう危険を感じたのはわれながらいたましい。同年輩の方ならそういう配慮を諒とされるであろう。——このときはじめて「山田風太郎」という変名を使った。風太郎とは、そのころの不良仲間四人がそれぞれ、風、雨、霧、雷という符号でおたがいに連絡しては出動したからだ。これが私の書いたものが一般雑誌に載ったはじめだが、その第一号から私は山田風太郎と称していたわけになる。

むろん、映画見物も「断行」した。上級生に町の映画館の息子があって、それが裏口からそっと入れてくれ、天井に近いところにとりつけてある監督官用のゴンドラみたいな席で見せてくれるのである。そこに至るまでが決死の大冒険であった。私は寄宿舎に入れられていたのだが、夜消灯後町へ忍び出すのが、まるで兵隊が兵営を脱走するにひとしい難事であった。伊丹万作の「赤西蠣太」、内田吐夢の「土」「限りなき前進」、溝口健二の「愛怨峡」「残菊物語」などのそのころの名作は、こういう艱難辛苦の末に見たのである。むろんチャンバラ映画も大いに見、大河内、阪妻、千恵蔵、アラカン諸氏の謦咳《けいがい》にも心躍らせて接した。

映画見物の帰りはきっと裏町のうどん屋に立ち寄って、二階の密室で徳利一本つけさせて、うどんを食う。下の土間は客の五、六人も入れば満員になるほど小さな店で、おやじは顔に傷痕のある前科何犯かの中年男であったが、これが同席して、不良中学生どもの可憐なる気焔に大いに共鳴してくれるのである。いまでもこのときのうどんの美味さと、愛すべき前科何犯かのおやじの顔を懐しく想い出す。

それればかりではない、寄宿舎の天井裏に「天国荘」なる秘密の部屋を建設した。——拙作「天国荘綺譚」は、若気の至りで、毒気が強過ぎてわれながら不愉快なので、読み返したこともないが、詳しくはこの作品に書いた通りであり、その何割かの原型は実話である。

いや、それどころではない——と、悪行の数々を書いていたらこの月報全部を費しても足りないだろうし、書くのもイヤになる。何しろ中学生のことだから、その根本は、軍国主義に対する自覚的抵抗などいう大したものであるはずがなく、母を失った中学生の絶望、無目的、破れかぶれから発したものであった。

(9)

不良化するにつれて、むろん成績はみるみる落ちて来た。何しろ教科書にお目にかかるのは教室だけという始末だから当り前だ。

これでも一年のときの成績は、何番であったか忘れたが、体操や教練や音楽もあるから一番ではなかったが、実質は一番だといわれ、寄宿舎では一室に一年生から五年生まで一人ずつ五人というのが規則であったが、二年のとき私を室長にして二年生ばかりの一室を作るという特別実験に供されたほどだったが、それは槿花一朝《きんかいっちょう》の夢であった。

四年生のころおいでになった奈良本先生が「抜群の秀才」であったといって下すっているけれど、そのころはもうそんなはずはなく、先生が私などにお愛想をいわれるわけはないので、事実幾分かそういう印象を残したとすれば、それはそれまでの残光であったろう。

余談だが、その奈良本先生とこの昭和四十七年冬、三十数年ぶりにお逢いして、銀座の酒亭で盃をいただく機会に恵まれた。そのとき先生がふと呟かれた。

「どうも学校で、一番二番というのは、あとで大したやつにはならんようだな」

それには理由がある。学校で一番二番という学生はあらゆる課目にわたっての秀才が多い。あらゆる課目が百点満点なんて化物はほとんどありえないから、平均八十五点なんてのが一番二番になる。ところが一方で体操は二十点だが数学は九十八点などいうやつが存在する。だから全体として学校の席次はよくないけれど、いったん世に出て「命のやりとり」となってからはこの九十八点がものをいいはじめるのである。余談の余談になるが、明治維新をみごとになしとげたのは後者の系列の人物であり、太平洋戦争で敗北したのは前者の系列の人間であった。

さて、中学時代の非行少年ぶりを書いているとキリがない——と、述べたところで、また一言つけ加えておきたいことがある。

私は、私の非行が孤児になったのがもとだといったけれど、これもていさいのいい自己弁護であって、実は親が生きていたって同じことであったかも知れない。親のない子がみな不良化するわけではないし、第一そのころの仲間にはみな親があったのである。つまり一種のハシカなのである。先だっての連合赤軍事件の犯人たちが中学高校生のころは例外なくいい子であったといわれ、中学時代に非行歴を持つ者はあとで問題化することがほとんどないということを指摘した学者があったが、そういうこともあり得るかも知れない。ハシカは早くすませた方が、本人が幼いだけに自他共に軽くすむ。だから私は不良中学生などの、教師への反抗とかケンカとか飲酒とかセックス遊戯とかあるいはドロボーなどでも、少なくとも他に対し回復不可能な罪を犯した者でない限り、軽々に処分などすべきではない、胸をさすって大目に見てやるべきだと思う。そんなことはあとで汀《みぎわ》の波あとのごとく消えてしまうものだ。

というのは、そのころの私の仲間で何人か退学処分を受けた者が多いからである。中学を途中で放り出されて彼らは何になったか。おそらくトラックの運転手にでもなって、兵隊に狩り出されて、哀れな死をとげたろう。――尤もそれは無事中学を卒業した連中にとっても同様の運命であったけれど。

さて、その巨魁であった私がその運命を免れたのは――一、二年のころの成績の残光もあり、どこか学校の方でもう少し見てやろうと思うところもあったらしいが、それより私が「奸智」にたけていたのと、いざとなると知らぬ存ぜぬの強情を張り通したせいらしい。必ずアリバイを作っておくことと、今でいえば黙秘権の徹底行使にひとしいふてぶてしさに徹したからである。

寄宿舎の同室の下級生で、私の真似をして夜エスケープなどをしてたちまちとっつかまり、退学処分を受けた者がある。そのときの取調べに、お前の部屋の上級生は誰だときかれ山田さんがいると答えたら、

「同じ部屋に山田のような人間がいるのに、お前はどうしてそんなに悪いことをするのか」

とやられて、その下級生が哀感をたたえて大いに私にこぼしたことを憶えている。

しかも元凶は山田さんだと、彼はついに白状せずに退校になっていった。そういう「仁義」が存在していたのである。

しかし、いくら奸智をめぐらしても、たかが中学生である。すでに奈良本先生がおいでになったころから、職員室ではうすうす山田こそ黒幕だと感づかれて来たらしい。あとだんだん化けの皮が剝がされて、停学処分を二度受ける破目に立ち到った。当時の寄宿舎というのは軍隊式になっていて、五年生になってこそ一城の主《あるじ》になれるのだが、もうそのときには他に悪影響を与えるということで——今、中学時代の非行少年は大目に見ろといったけれど、こういうこともありえるので問題は難しい——私は寄宿舎から追放になってしまった。曾ての英才実験？　の惨憺たる末路である。

(10)

寄宿舎を追放されて、それこそこっちにとってもっけの幸いだ、これこそ自由への道だとかえってよろこんで町の下宿へ移ったら、一人で置くのは危険だと、私は「洗心寮」というところへ入れられてしまった。

まるでネリカンのようだが、これは町の商業学校の先生の家が大きいので、自転車通学の生徒を雪の季節だけ寄宿させてくれる寮となる。しかし私の場合は冬も夏もない、文字通り監視するための収容で、夏はたった一人だから、広い二階の襖《ふすま》をみなとりはずし、畳に墨で線をひいてテニスコートを作ったら、眼の玉の飛び出るほど叱られた。まだおとなしくならなかったのである。

そして、ほんとうに卒業させてやらないゾという土壇場になったとき、私を最もかばってくれたのが、かつて私を「不忠者！」と叱咤した体操の先生であったのだからこの世はたんげいすべからざるものである。

むろん、こういう事態が陽性に進行するはずがない。母亡きあと私の面倒を見てくれた父方の叔父や母方の祖父たちは、まったく私を持て余した。「人間並み以上のことをやれとは言わない。なぜお前は人間並みのことがやれんのか」というのが、その困惑し切った叱責の言葉であった。まことに尤も千万である。そのときも尤も千万だと思っていた。ただ、それがやれないのである。

このときの一種の地獄といっていい葛藤は、いまでも私の胸に傷を残しているのではないかと思われるほどだ。おそらく私がいわゆる文学青年であったら、このころを何とか純文学化したであろう。

しかるに私は真っ向からそれを描くほど心性強靭ではなかった。私の弱さは、当時すでにその事態から心を逃れさせようとした。

それは全然別人の物語を作って、その虚構の世界に遊ぶという心理的からくりである。――後年物語作者になるという素質はここで発生した。あるいはその素質は以前からあったのかも知れないが、少くともここで培養された。

そのころ寄宿舎で、旺文社（当時欧文社）の受験旬報を取っている者が少くなかった。私はかんじんの勉強の方にはまったく関心がなかったが、この雑誌で毎号募集している学生小説に興味を持った。――

その結果、昭和十五年二月上旬号を皮切りに、合計八回掲載され、おしまいには選者から「同じ人が何度も当選するのは感心したことではないが――」と評される始末に立ち到った。それでも私は将来作家になろうなどいう大それた考えはこれっぽちもなかった。そんな時勢でもなかった。私は将来何になるつもりかまったく不明であった。実は何にもなりたくなかった。

さて中学だけは何とか卒業したが、ここで思いがけない甚だ困ったことが生じた。卒業証書はもらったものの、教練の教官が「教練合格証」なるものをくれないのである。それはあとで軍隊に入ってから幹部候補生とかになる資格を証明するもので、教官は「停学を二度もくらったやつにそんなものはやれん。上級学校に入ってからそっちでもらえ」といった。ところが——幹部候補生などになりたくはないけれど、上級学校に入ってからもらえといったって、それがなければその上級学校に入れないのである。

中学時代の非行の罰は、中学を卒業したことで終らず、そのあと執拗に追っかけて来た。——

後に何とか私立の医専にもぐり込めたのだから、このことが決定的因子であったかどうか疑問であるが、しかし当時やはり入学試験で相当以上に重大なめどになったであろうことは間違いない。しかも太平洋戦争勃発前後のことで、学力よりも体力の方が優先された時代である。その体格がまた大劣等と来ている。そしてかんじんの学力そのものも、前に述べたような始末で甚だ怪しいのである。

その体格の話だが、私は中学時代から教練などで少し猛訓練のときは、「山田は列外に出てよろしい」と言われたほどであった。私自身たとえ戦争がなくっても二十歳までは生きられまいという妙な自信を持っていた。二十歳過ぎてもなお体重四十二キロという時があった。

私は自分が何になるかわからなかったから、高等学校はあるときは叔父のいう通り理科を受けたり、その翌年には自分の好みによって文科を受けたりといういい加減な受験をやった。そして三度、第一次の学力試験には通った。しかし第二次の内申と体格検査には落ちるのである。そこで考え込むわけだが、いったい勉強の方が足りないのか、体格が悪いせいか、それとも教練不合格という致命的原因のためかと思い惑い、いずれも自分では解決出来ない問題であった。

この間、周囲で私をいよいよ持て余したことはいうまでもない。

そして、ついに私は半ば勘当、半ば家出というすがたで田舎を飛び出した。――だれ一人知る者もない東京へ。

すでに太平洋戦争は始まって二年目に入っていた。

⑾

昭和十七年、私は二回家出をした。

一回目は春のことで、私を育ててくれた叔父から、十ばかり駅の離れた祖父の家にゆけと言われ、そのままフラリと東京行の切符を買ってしまったのだ。たしかもらったのは十円であり、それが大体東京への片道切符の額であった。

宿屋へ泊る法も知らず、第一泊る金もない。それで東京駅に寝ることにした。そして東京駅が一晩ひらいているわけではなく、夜中過ぎから未明のころまでは閉じることをそのときに知った。追い出されて、丸ビルの或る入口の石段の上に寝た。早春の夜風は寒かった。——夜が明けて、皇軍ラングーン占領の号外を見たおぼえがあるから、それは昭和十七年三月十日前後のことであったろう。

三日間ほどそうして暮した。その間、私はただアンミツばかり食べていた。そのころはまだ東京にアンミツと称するものがあり、かつ私はそれをこんなに美味いものを食ったことがないと思うほどに感じいったのだ。そして結局腕時計を神田の時計屋に売って旅費を作り、帰郷の途につき、何食わぬ顔で祖父の家へいったわけだが、東京に何もない時代でよかった。現代ならヤクザかポンヒキくらいになったかも知れない。

ほとんど無目的の上京であったが、しかしこれは一種の偵察行動になった。半年ほどたって、秋、ふたたび、そして決定的な上京をやったからである。こんどは近くの町の職業紹介所へいって東京の沖電気に勤めるという道を作ってから上京した。そのころ勤めるといえば軍需工場しかなかった。むろんそれが目的ではなく、目的といえば——無目的という点については前回も同じであった。

漱石は自分のロンドン留学を「狼群に伍する一匹のむく犬のごとく」といっているが、私はむろんそれ以下の哀れな痩せ犬であった。

しかし私はそこで狼ではなく、やさしい羊に出会したのである。その沖電気の上役にTという人がいて、この人が無類の好人物であったからだ。そして間もなく知ったこの人の夫人が極めて親切な人であったからだ。

それから絆《きずな》は結ばれていって、のちに私の結婚までつながってゆく。――ロンドンを持ち出したついでに、この前後のことを考えると、私はサマセット・モームの「人間の絆」という作品を思い出す。運命が、実に「人間の絆」の主人公と、その周囲の人物の配置に似ているのである。これはモームの自伝的小説だということだが、私をモームに較べるのは大それているが、それは大英帝国と痩せ犬のごとき当時の日本との差と思っていただきたい。

そのあたりのことは、モームを持ち出したりなどしたものだからいよいよ気恥しいし、またここで自叙伝を書く気も余白もないので省略することとして――ここに勤めていたのは一年半ばかりであった。

そして私は昭和十九年の早春の或る朝、突然高熱と胸部の激痛に襲われたのである。医者の診断を受けたら左湿性肋膜炎だといわれた。そう聞いても私は平然としていた。当然自分に来るべきものが来たと思っただけである。

その病状が約一週間続いて、やや軽快した一夜、私は五反田のアパートで一通の電報を受取ったのである。それは召集令状であった。

つづいて、一年半の間音信不通であった叔父も上京して来た。叔父は言った。「お前は召集令状など屁のカッパくらいに考えているかも知れんから、心配で、連隊へひっぱってゆくために来た」

まさか、いくら私でもそれほどの度胸はないが、他人からそう惧《おそ》れられるくらいの言動が私にはあったらしい。

で、叔父といっしょに姫路の兵営にいった。軍医は検査して「右湿性肋膜炎！」と叫んだ。「いえ、僕は左湿性のはずで……」と抗議したが、「黙れっ」と大喝された。召集令状を屁のカッパと思うどころか、私は即日帰郷の運命に大いに屈辱感を覚えて抵抗したのだが、こういう次第で敗戦前年の軍隊から追い返されてしまったのである。肋膜はそれっきり癒ってしまった。嘘のような話だが、ほんとうの話である。

そのときに、「これから、どうする？」と医者の叔父が聞いたついでに、「やはり医者になる気はないか？」といった。

そこで調べて見ると、入学試験に間に合うのは東京医専だけであった。で、そこを受けて見ることになった。すると――その一年半ほとんど受験勉強などしたことがないにもかかわらず、こんどは通ってしまったのである。しかも、一番怖れていた体格試験さえなかったのである。——決していい加減な試験をやったわけではない。医者の学校だけに、試験官ことごとく、受付さえも医者だらけで、ちょうど一つの荷物を何人かが複数で持つことになるとかえって紛失することが多いように、私だけ体格検査が飛んでしまったらしいのだ。嘘のような話だが、ほんとうの話である。

それからの私は、「戦中派不戦日記」が物語る。

(12)

「戦中派不戦日記」に対する菊村到氏の書評を拝見したことがあるが、その中で「山田氏が軍隊生活を経験しなかったのは、医学部の学生に与えられた徴兵猶予という特典のおかげである」といわれているけれど、事情は前回に述べたような次第で、決してそんなわけではなかったのである。

ついでに言えば、菊村氏が同じ批評の中で「まさかこの人が奇想天外な忍者小説で一世を風靡することになろうとは、少くともこの日記からでは想像もつかない」といっていられるのも当然だが、私としては当時から、奇想天外な忍者小説と背中合わせに坐っていたような気がする。もっとも後にそんなものを書こうとは自分でも想像のほかであったが、外見まじめで憂鬱な山田誠也と背中合わせに、その自分をも含めてしょせん卑小で下らないこの人間世界から、せめて、荒唐無稽でもいいから、ほかの世界へ遊びたいという夢想家の山田風太郎が。――

山田誠也の方を語ることについてあまり興味のない私も、山田風太郎に移る前後のことは何度か書く破目になったことがあるらしく、作家の資料については塵ももらさない中島河太郎氏の周到な御文章を読むと、「はて、オレはそんなことをしゃべったことがあったっけ?」と驚くくらいよく御存知で、あるいはそれからあたりは当人よりも中島氏の方が詳しいかも知れないと思われるほどだ。

尤も山田風太郎に移るといっても、前に書いたように山田風太郎という名は昭和十四、五年、私が十七、八歳のころから使っており、その第一号から用いていた――というより、そのことによって学生小説など書く場合にふとそれを踏襲することになり、また戦後推理小説を書くにあたって、ヒョイとまたそのことを想い出して使用したというわけだ。

前に、「探偵小説は文学なりや」と、小学生時代、大学生の叔父と論争? したと書いたが、さればとて私が特別に推理小説の愛好者であったわけではない。正直なところをいうと、戦後しばらくして江戸川乱歩という文字が新聞雑誌に登場したとき、

「へへー、江戸川乱歩という人はまだ生きていたのか」と、二、三度まばたきをしたおぼえがあるくらいである。

それなのに推理小説を書き出したのは、むろん叔父の送金が戦後のインフレに間に合わず、親でないので——かつ前に述べたようないきさつで、あまり大きな顔をして要求出来ない立場にあったので、やむを得ず、という経済的理由もあるにはあったが、しかし何ら素養がないにもかかわらず、とにかく昭和二十二年一月号の旧「宝石」に第一回当選者として登場するチャンスをつかみ得たのは、推理小説とは決して無縁ではない別世界への空想力、ほんとをいうと現実からの逃避心がすでに充分に養われていたからだ。逆にいえば、そういう心性があるから推理小説にひかれたのだとも見られる。

さて、こうして山田誠也は自分で予想していたほど早死することもなく、「野放図」なる戯作者山田風太郎が誕生した。そして、ふざけ放題にふざけちらして、二十五年を経た。そして少くとも現在の天下泰平を小さな「天寵」と称している。

想い出すとまだ昭和三十年のはじめだろうか。「山田風太郎は小成に安んじ過ぎてはいないか」と評されたことがある。小成にも何にも、本音をいうと私は何もやりたくないのである。それにつけても私は小学校二、三年のころすでに先生から、「成績は悪くないのだが、競争心というものがサッパリない」といわれた。先生をすっかり信頼していただけにこれを悪口と取って——先生もまた決して褒めた傾向ではないとして言ったにちがいないけれど——甚だショックであったので記憶しているのだが、そのことを想起して苦笑したことがある。

然り、なるほど雀百まで踊り忘れず、いまでもその通りだ。しかしその傾向を別に好ましくない傾向だとは思わないほど私は私の分際を心得ている。現在でも自分を望外の倖せに感じているのである。

いまの自分に満足し切っているという意味では決してない。ただ、こんなはずはない、こうなるはずはないと、みずから首をひねっているのだ。

父が死ななかったら、おそらくそのあとをついで但馬国の山奥を往診鞄をブラ下げてテクテク歩いていただろう。母が死ななかったら、少年にして人間の心の裏側というものを——自分自身の心の裏側をも——身に徹して知ることはなかったろう。それを身に徹して知らなかったら、たとえ虚構にせよ小説を書くなどいうきっかけをつかみ得なかったろう。

そしてまた、身体が丈夫で、素行が健全で、さっさと上級学校に進学していたら、おそらく学徒動員で狩り出されて、どこかの戦場で死んでいただろう。それでもなお生き残れる組に入れると思うほど私は強大な自信家ではないのである。戦争末期の東京でたった一人で病み、そこに召集令状を受け取るという最大最悪の危ないところ、そのことすら、まさにその禍がその先の運命を切りひらくきっかけになったのであった。

吉凶はあざなえる縄のごとしという。しかし私にいわせれば凶こそ吉の根源である。同様に吉もまた凶の仮面をかぶった姿にほかならない。——かくて私は疑似ニヒリストの表情になって籐椅子に寝て煙草を吹かすのである。

⒀

ここらでちょっと自分の作品について、数例、思い出すことを書いておきたい。

私は、作家老化の徴——もっと適確な某氏の表現によれば廃馬化の徴——を、自分の文学碑なるものを臆面もなく建てることと、自作の解説をやりはじめることだと書いたことがあるが、これは解説ではなく、ほんの想い出のきれっぱしである。なに、いずれにしても廃馬にちかい。

といって、いちいち面白可笑しい話があるわけではない。——それにつけて断わっておきたいが、この月報に高木さんが、私の「名言」として、「小説とセックスは最初はさわっただけで出る。後には絞っても出て来ない」といったとあるが、私はそんなことをいったおぼえはない。それは高木さんの実感が、どうも山田のいいそうなことだ、と考えているうちに山田の言葉に転化してしまったものに相違ない。いかにも私が言いそうなせりふで、微妙なところだが、私ならああいう表現はしない。だいいち私には小説が「さわったら出る」ような体験のあった記憶がないから、そんなことをいう道理がない。

実際において私は、最初から困りながら書いている。それではいわゆる彫心鏤骨というやつか、というと、そうでもない。いったんとりかかったら存外筆は速い方ではないかと思っている。ただ、なかなかとりかかるまでに至らない。具体的にいうと一ト月のうち二十五日までは冷々漠々としており、あと五日間のメ切間際にキューキューいうのである。これも月報に高木さんが私の生産力を「月二百枚で決して多い方ではない」と書かれているけれど、これすら買い被りで、実はずっと月産平均百枚でやって来た。月に二十五日は茫然としているのだから、それくらいが精一杯なのである。

そういう状態だから、決して面白可笑しい話などありようもないのだが——高木さんが技術批評をやってくれるので、それに関しての、作者としての裏話である。

## 妖異金瓶梅

これは昭和二十三、四年ごろであったか、銀座に東西出版社という出版社があって、ここから出ている「旬刊ニュース」という雑誌にちょっと長いものを書いたのだが、稿料をなかなかくれない。そのころ私はまだ医学生であったが、そのせいもあって当時京橋の東洋軒で開かれていた土曜会に出るたびにそこに立ち寄って、「原稿料をくれんですかなあ」とせっついた。向うではお愛想に、そのころ同社で出した四巻の金瓶梅の訳本をくれた。それを推理小説化したものだが、どうも誰も推理小説の仲間に入れてはくれないらしい。

それはともかくこの作品は、そういう下らない事情で入手した原本を手品のたねとして、私が推理小説から忍法小説へ飛び移る重要な踏石の役を果たした。

## 甲賀忍法帖

題名をつけるとき、「忍術帖」としようか「忍法帖」としようかと、相当考えたことを記憶している。「忍術帖」というのは今から思うとおかしいようだが、どうせアナクロニズムを逆手に取った物語を書くのだからこれも悪くないと考えた。ただそれにしても古めかし過ぎ、一方「忍法帖」は、「忍法」という語がまだ定着せず「忍術」よりは清新に感じられたのと、この方が声に出して発音し易いのでこちらに決めたのであった。

**柳生忍法帖**

実はこの作品の主人公を柳生十兵衛とすることなど、書き出したときは予定外であった。だから新聞に書いたときの原題名は「尼寺五十万石」というのであった。超強力のグループに最も弱いグループが挑戦してこれを斃してゆくという発想だけであったが、途中、イヤ、やはりこういう物語には鞍馬天狗が必要だということがわかって来て、急遽《きゆうきよ》十兵衛先生に御登場願った次第である。

**おぼろ忍法帖**

右に述べたように、使う気のなかった柳生十兵衛を、こんどは始めから主人公とするつもりで書いた小説だが、この小説の根本アイデアを着想したとき、私は思わず「しめた!」と手を打ったことを憶えている。私にとっては珍らしい現象だ。しかもこの新聞小説の予告が出たときは、まだ明確にこのアイデアが脳中になかったのである。そのため忍法帖ならどんなことを書いても通用しそうな題名をつけたのだが、これは結果においてうまくなかった。何でも通用しそうな横着な題名が、この小説に限ってまったく異質なものになったからである。

それはそれとして、もし出来るなら私は柳生十兵衛を主人公とするもう一つの長篇を書いて、これを以て三部作としたいのだが、この「おぼろ」に匹敵するアイデアが容易に浮かばなくて、そのままになっている。あるいは、この望みは永遠に叶えられないかも知れない。

## 自作裏話つづき。　⑭

### くノ一忍法帖

戦前とちがって、戦後の月刊誌は読切り形式を好む。そこで私は、毎回独立していて、しかもあとでつなぐと長篇になる形式のものを考えた。「妖異金瓶梅」が然りであり「白波五人帖」が然りであり、この作品もその一つである。だからはじめから長篇としての題名をつけず、毎回「忍法くノ一化粧」ほか一連の題名をつけて発表した。

そこでその題名に触発されて、篇中の忍者がその怪技をふるうとき「忍法くノ一化粧!」等々とさけぶこととなる。これは一つの流行語となり、現在でもチョイチョイ新聞雑誌などに使用されているようだ。しかしそのもとは雑誌の要求による発表形式からひねり出されたものなのである。だから、小見出しにこういう題名をつけないこの作以前の私の忍法小説では、忍者はこんな号令を発していないはずである。

## 妖説太閤記

太閤秀吉、偉なりといえども、しかしこれまでの太閤記に——といって私が全部読んでいるわけではないけれど——描かれたような陽性ばかりで、屍山血河の天下制覇がやれたわけがない、と考えて、悪人太閤、怪物太閤、少くとも暗い太閤を描こうと思い立ったものだ。それにもう一つ、これまでの種々の「太閤記」はいかにも長い。この全集本の厚みのものとしても数巻となるものが多いようだ。そこで、太閤の全生涯を描きつつ、しかも一巻の本にまとまる長さの「太閤記」を書いて見ようというのも、私の狙いの一つであった。

さて「忍法帖」を、「アイデアだけだ」と評した人があった。

私はこの評語を誇りとする。全然無意味《ナンセンス》な物語を書くというのも私の目的の一つであったのだ。だいいち人生人生というけれど、人生はおたがいにイヤになるほど味っており、かつしょせん無意味《ナンセンス》な人生が多いのではないですか。しかも、語る能力鈍《どん》味《まい》にして、語るに値しない人生を語ろうとする。そもそも、この地球上の歴史や運命を動かしているのは、大分前から「人生」ではなくて「アイデア」だといってさしつかえない。アイデアとは大変なものですゾ。そんなことをいう人の作品を読むと、山本周五郎の真似をするのに汲々としているだけなのである。とにかく、人の真似はいけません。

アイデアは独創を重んじる。私はそのことを第一等の価値とする推理小説から学んだ。

とはいえ、私の忍法帖はここらあたりでまず終りである。長短篇合わせて百篇以上も同種のものを書けば、ひとさまはもとより本人にとってももう沢山だ。買ってもらいたいのは、数百に及ぶ種々の忍法のアイデアよりも「忍法帖」そのものの発想であったが、それもこれくらい書けば、あとは書くことが無意味《ナンセンス》となる。

すでに昭和四十四年、講談社の「現代長篇文学全集」の私の巻に、自分で「この年を以て忍法帖シリーズの幕を引かんとす」と書いている。そのころから——いや、それ以前から、それは私の切なる望みであったのである。ただ、次の幕をあげるべく、少くとも忍法帖に匹敵する独創性のあるアイデアが、私の胸中にあるわけではなかった。——ないにもかかわらずそんなことを書いたのはよくよくのことだ。

しかし、現実に何の妙案もない上に、ほかにこのたぐいの小説の書き手がない、という要求もあって、それ以後も私は吹っ切れぬ気持でなお忍術咄《ばなし》を書いて来たわけである。

人間、めったに自分の進退について声明などするものではない。世によくある、引退披露をやりながら後にノコノコ老醜の顔を下げて舞い戻って来る俳優の例と同じお笑いぐさだ。それに私は常人以上に何でも束縛されるのはきらいだ。いわんや自分で自分を縛る愚を犯すことはない。

だからこれからでも、自分でもこれならと納得出来るような忍者小説のアイデアが浮かんで来ればよろこんで書くつもりである。——しかし、それにしても、少くとも長篇は、これまで通りの忍法小説とはまったく類を異にするだろう。それでなければ書く意味がない。

そこで、やっぱりここで、いままで十五年間おつき合いを願った奇想天外なる忍者諸君、妖艶のくノ一諸嬢に一応お別れの言葉を述べておいた方がいいだろう。さよなら風太郎忍法帖。

(15)

時代小説といっても、歌舞伎と同様、さまざまの種類があるが、大ざっぱに言えば、まあ史伝と伝奇小説と世話物の三つに大別されるだろう。私の忍法帖はいうまでもなくこの伝奇小説の脈に属する。

ところで伝奇小説といえばデタラメで、史伝的作品を書く作家より知能が一段下がるように目されているのはイカン千万である。そこで私はこのことについての珍説を述べる。——いくら私がイカン千万でも、世人のこういう見方は永遠に改まりはしないだろうが。

嘘っぱちという点では、実は双方五十歩百歩なのである。常識的にいえば史料を駆使して実在した歴史や人物を裁断するのが史伝だが、その史料というやつが実はあまりあてにはならないのである。むろん、武鑑とか行事の次第の記録とか経済的数値などは別であり、それ以外の史料にも良質のものとあやしげなものとのちがいのあることはいうまでもないが、仮令良質のものであっても、それには限度がある。同時代人の記録でも、人間の真相は本人しかわからない。そして人間は、自分の真実をも、故意もしくは表現能力の如何によって、正しく記録するとは限らず、また記録出来ないものだ。わずか二十数年前の太平洋戦争中の一事件ですら、当事者によって見方が当事者の数だけちがい、汗牛充棟の記録があるにもかかわらず、結局よくわからない例が少なからずある。いわんや物書くタレントの乏しい数百年前の事件や人物を、ほんの数例の史料によって断ずる危険をや。

しかし史料として残っているものでなくては学問の対象にはならない、と歴史学者はいう。学者がそういうのは当然であり、そして世人は観念的に学者を尊敬しているから、従ってその説を重んじるわけだが、しかしそれが唯一の真実か、というと象を撫でている盲人を決して笑うことが出来ないであろう。

しかし、人間は「裁断」したがる。その原型は、幼児がテレビの活劇などを観ていて、あれはいい人か、悪者かと、何より先にそれを知りたがる現象にあり、それは人間の強烈な本能の一つである。（おそらくそれは、まず敵か味方かを弁別しなければ生存にかかわった原始の闘争の名残りであろう）

史伝作家はみずからの、また人々のこういう本能的要求に応え、「確実なる史料」

によって明快に裁断し、これを定義づけ、論理づける人々である。

これに対して伝奇派の方は、そう明快に裁断出来ない——すなわち割切れない人々である。彼は「確実なる史料」に眉に唾をつける。しかし彼とて割切りたいという本能を持つことは同様だから、そこで史料を蹂躙した架空の物語を創って、その中の人物を善悪その他に分けてこの本能を癒す。すなわち伝奇派の方が、実は懐疑派なのである。——

と、考えては見たが、いわゆる史伝派の方が何でも割切ることの好きな人々らしいことはほぼ確かに思われるけれど、伝奇作家の某氏、某々氏を思い浮かべてみても特別に懐疑派らしい風貌とも見えないから、この説はやはり珍説にとどまるか。

要するに、史伝もほんとうらしい嘘であり、伝奇も出来るならほんとうらしい嘘を書こうとする。後者の場合、それは一にかかって作者の創造力にかかるから、史伝の裁断力にまさる大力量を必要とする。徹底的な嘘の世界へ読者をひきずりこんで、それはそれなりに或る意味でのほんとうらしき錯覚を起させなければならないのだから大変である。もっとも、それほどの大力量がなくったって書けることは書ける。私などがその例だが、それをほんとうらしい嘘とも取ってくれないのは力量不足のせいで、本人は大いに悪戦苦闘しているのである。それから見ると、史伝派がほんとうらしく思わせる手品のたねは史料であり、それはもとからある物だから、これをよそから借りて鮮かに、或いはものものしく扱う方がはるかに効果的でかつ老獪といえるかも知れない。

少し話の筋がちがうが、伝奇派の大巨匠は吉川英治であった。その好例が「鳴門秘帖」であり、年齢とともにその色彩を薄めていって晩年の「新平家」や「私本太平記」となる。しかし吉川氏の本領はあくまで前者にあると私は思っている。その個性はなお後者の世界にも尾を曳いているほどである。

両者の中間に当るものが、最大の傑作「宮本武蔵」だが、あの中の主人公の求道精神なるものは、実は作りものの一つの手法、テクニックではなかったのか。虚構のお説教ではなかったのか。おそらくその当時は作者もそのことをちゃんと意識して書いていたのではなかったか。ところが、それがあまりに読者の心を打って感動感激する人々が多かったものだから、あとはミイラ取りがミイラになり、人みなわが師といっていた人が、人みなの師になってしまった——ように、私は感じるのだが、如何。それにしても、あれが一つの手法、テクニックなら、あれこそほんとうらしい嘘の奥儀をきわめたものというべきだ。

人をだます最大の「忍法」はおのれみずからをまずだますことである。——当人、やめたはずなのに、まだひっかかっている。

(16)

実はこの月報ははじめのうちに十五回分まとめて書いてしまい、ただ一回分だけ残しておいた。その間に何か書くことが出て来るだろうと思っていたのだが、いよいよ最終回に至っても、これをしめくくるにふさわしい特別の意見とてもない。しかたがないから、この全集が終る時点における私の、何ともシマらない日常と、あまり勇壮でない感慨でも書くことにしようと思う。

起床は午前十時ごろ、朝食をとって、すぐとは限らないが、とにかくぶらぶら散歩に出かける。今住んでいる多摩の桜ヶ丘という土地は丘の上の住宅街で、スモッグもなく騒音もなく、各邸宅の庭の樹々や花々を見てまわるのも愉しく、車もあまり通らないので、恰好の散歩区域である。午後は、訪問客でもなければ、本を読んでいる。それも自分の書くものとはほとんど関係のない本が多い（実はこれは逃避現象の一つなのである）。そして、夕方五時ごろから一人で晩酌にとりかかり、これが二時間くらいかかる。そして、そのあとは寝てしまう。寝てしまったら、仮令一億円やるという人があっても起きることは出来ない。それから真夜中から夜明け方まで起きて——原稿を書いているならいいのだが、実はたいてい日中と同じ、ただのらくらとうごめいているだけで、ただ時間つぶしに——生きているという証明に起きているようなものだ。

考えてみると、これは今の時点における日常というだけでなく、二十年以上も同じようにして暮して来たような気がする。よくこれで暮して来られたものだと自分でも感心している。

そしてまたその前を思い起して見ると、医学生時代——それも荒涼たる戦争中、私が夢想していたのは、病院に勤め、小さくてもいいからきれいなアパートにでも住み、ひとり空想的な物語でも書いて暮すという夢で、それ以上は何も要らないと考えていたことを思い出す。

それが目的であったとすると、私は目的を達したわけだ。病院に勤めるというのは最小限度の生活を維持するためだから、それをやらなくてもいいなら、ますます結構にきまっている。

その笑止な夢がともかくも果せたのは、むろん私の力のせいではない。主として時勢のおかげである。たいていの人が、戦争中に夢みた以上の生活をいまやっているのである。

それでは、いまのままで満足しているか、というと——心情的に、必ずしもそうはうまくは問屋が下ろしてくれないから人間とは厄介なものだ。これもどなたも同じことだろう。

人間というものは、あらゆる点でこれで自分は完全に安全で満足だという立場を得るためにもがきぬくものだが、それは逃げ水のようなもので——それどころか、万一そういった立場を得たと思ったとしても、そう思った瞬間から、その立場が崩壊しはじめるのだ。いわんや、そんな立場には凡そ縁遠い私などにおいてをやである。

目的を達したどころか、自分のやったこと、やっていることを思うと、霧のような自己嫌悪に襲われないわけにはゆかない。得べくんば、もういちどサッパリと生き返って見たい——と、私は子供らしいことを考えた。で。——

私は去年半としほど仕事を休んで見た。

その結果はただいたずらに怠け癖を助長したのみで、ますます自己崩壊の——外部的条件ではなく内部からの——危険を意識させただけであった。

それで半年ばかりで休筆はやめることにした。ほんとうは外からの力でだいぶ不本意ながらもとの世界へひきずり戻されたのだが、しかし或る程度自分で達観した結果によることも事実である。

それは、人間、一変などするものではない、というわかり切ったことがわかったからだ。それにもう一つ、見わたしたところ作家というものは、五十を越えると一般に、急速に或る種の雰囲気を失ってゆくようだ。むろん変な雰囲気など失ってしまってもかまわないのだが、しかしそれは遅かれ早かれ、放っておいてもやって来る。私も何だかその予感を感じはじめて、いま時間を空費している間にも刻々その気が——一種の性的能力といってもいい——蒸発しつつある、という脅威をおぼえたせいもあった。実は、私にも、私の嗜好と能力の分際を心得ての範囲内なら、やってみたいことがまだ多少ないでもない。——

それにしても、それをやるについてはゆっくりした時間が必要で、つまりまたお休みが必要だというジレンマに陥るのだが、いずれにせよ、それほど私の人生は余ってはいない(動物的な寿命表とはまた別の話である)。そこのところをよく考えて、残った時間を有効に、大切に使おうと思う。

最後に、この全集の完結に当って、長い間解説の筆を煩わした中島河太郎、高木彬光の両氏、月報を書いていただいた諸先輩諸兄、また五十という人生の大いなる記念の年にこの全集を出して下すった講談社の迹見富雄、萱原宏の両氏に深甚の謝意を捧げたい。

# 編者解説

日下三蔵

山田風太郎には、『戦中派不戦日記』（角川文庫）、『戦中派虫けら日記』（ちくま文庫）などの日記、戦争ノンフィクション『同日同刻』（ちくま文庫）、人の死に際の記録だけを集めた『人間臨終図巻』（角川文庫）、晩年に相次いだインタビュー集と、小説以外の著書も多い。各誌に発表した随筆をまとめたエッセイ集としては、以下の五冊がある。

『風眼抄』　79年10月　六興出版　→　中公文庫　→　角川文庫
『半身棺桶』　91年10月　徳間書店　→　徳間文庫
『死言状』　93年11月　富士見書房　→　小学館文庫
『あと千回の晩飯』　97年4月　朝日新聞社　→　朝日文庫　→　角川文庫
『風太郎の死ぬ話』　98年7月　角川春樹事務所（ランティエ叢書）

奇想天外を地でいく風太郎小説の一方、飄々とした語り口で独自の視点を開陳する風太郎エッセイの愛好家は少なくないだろう。山田風太郎はあまりエッセイを書かない作家ではあるけれど、作家生活が五十年以上に及んでいるため、それでも相当量のエッセイを遺している。この〈エッセイ集成〉シリーズでは、前記の五冊に収録されなかった原稿をテーマ別に編集して、読者にお届けしたいと思う。

本書には、ミステリ関係のエッセイを集めてみた。各篇の初出は、以下のとおり。

Ｉ　探偵小説の神よ

わが推理小説零年——昭和二十二年の日記から　「小説推理」74年8月増刊号

小さな予定　「探偵作家クラブ会報」48年9月号

旅路のはじまり——わが小型自叙伝　「別冊宝石」49年8月号

ペテン小説論　「探偵作家クラブ会報」49年8月号

小説に書けない奇談——法医学と探偵小説　「りべらる」49年11月号

法螺の吹初め　「宝石」50年1月号

双頭人の言葉　Ⅰ　「探偵作家クラブ会報」50年6月号
双頭人の言葉　Ⅱ　「鬼（第1号）」50年7月
医学と探偵小説　「東京医科大学新聞」50年10月17日付
合作第一報　「鬼（第2号）」50年11月
高木彬光論　「鬼（第3号）」51年3月
非才人の才人論　「探偵作家クラブ会報」51年3月号
自縛の縄　「鬼（第4号）」51年6月号
探偵小説の「結末」に就て　「鬼（第5号）」51年11月号
浅田一先生追悼　「探偵作家クラブ会報」52年7月号
情婦・探偵小説　「鬼（第7号）」52年7月号
うたたね大衆小説論　「鬼（第8号）」53年1月号
シャーロック・ホームズ氏と夏目漱石氏　「鬼（第9号）」53年9月号
温泉と探偵小説　「温泉」53年12月号
わがホーム・グラウンド　春陽堂書店『日本探偵小説全集14　月報』54年7月
探偵実話「練絲痕」に就いて　「探偵作家クラブ会報」55年4月号
探偵小説の神よ　春陽堂書店『長編探偵小説全集9　月報』56年9月

変格探偵小説復興論　「エラリイ・クィーンズ・ミステリ・マガジン」58年1月号
譲度《ゆずりたし》シャレコーベ　「探偵作家クラブ会報」61年1月号
不可能な妙案　「推理文学」80年12月号

II　自作の周辺

奇小説に関する駄弁　「探偵倶楽部」52年11月増刊号
離れ切支丹　「東京新聞」65年4月6日付
川路利良と警視庁　「文藝春秋デラックス」77年1月号
今は昔、四人道路――山田風太郎〝地の果ての獄〟を行く　「週刊朝日」79年7月5日増刊号
「八犬伝」連載を終えて　「朝日新聞夕刊」83年11月17日付
山田風太郎、〈人間臨終図巻〉の周辺の本を読む　「Weeks」87年4月号
二重の偶然　「別冊文藝春秋」87年夏季号
〝鬼門〟の門に挑む――夕刊小説「明治十手架」を終えて　「読売新聞夕刊」87年11月11日付

悲壮美の世界を　「インポケット」89年5月号
「婆沙羅」について　「新刊ニュース」90年7月号
私にとっての『魔界転生』　リイド社『魔界転生　上』99年6月

Ⅲ　探偵作家の横顔

日輪没するなかれ　春陽堂書店『日本探偵小説全集1　月報』53年11月
御健在を祈る　「黄色の部屋　江戸川乱歩先生華甲記念文集」54年10月
疲れをしらぬ機関車　「別冊宝石　島田一男読本」57年8月号
熱情の車　「別冊宝石　現代推理作家シリーズ5　高木彬光篇」63年7月号
高木さんのこと　集英社『新日本文学全集21　月報』64年7月
銭ほおずきの唄　私家版『角田喜久雄氏華甲記念文集』66年5月
昨日今日酩酊奇談　講談社『定本人形佐七全集3　月報』71年6月
筒井康隆に脱帽　立風書房『新宿祭　筒井康隆初期作品集』72年7月
推理交響楽の源流　光文社『高木彬光長編小説全集6　月報』72年11月
乱歩先生との初対面　講談社『大衆文学大系21　月報』73年6月

私の江戸川乱歩　角川文庫『一寸法師』73年6月
神魔のわざ　「別冊太陽・宮田雅之の切り絵『八犬伝』」98年4月（再録）
阿佐田哲也と私　「ビッグマージャン」77年11月号
最高級パロディ精神　「絶体絶命」78年1月号
同世界の中の別世界　三一書房『中井英夫作品集3　月報』86年6月
円満具足のからくり師　「オール讀物」88年7月号
雀聖枯野抄　「オール讀物」89年5月号　追悼・無頼の人　色川武大
親切過労死　福武書店『色川武大　阿佐田哲也全集10　月報』92年5月
銭酸漿の唄　「小説歴史街道」94年6月号

Ⅳ　風眼帖

風眼帖　講談社『山田風太郎全集　月報』71年10月～73年1月

全体を四部に分けて配列した。

第一部「探偵小説の神よ」はデビュー当時のエッセイを中心にした探偵小説全般についてのパートである。

巻頭に置いた日記「わが推理小説零年」は、「別冊新評　山田風太郎の世界」(79年7月/新評社)、『BRUTUS図書館　風太郎千年史』(99年7月/マガジンハウス)に再録されているが、単行本に収められるのは初めて。編中、学生時代の投稿エッセイ「中学生と映画」の掲載誌が「映画ファン」となっているが、これは「映画朝日」の記憶違い。

「探偵作家クラブ会報」は四七(昭和二二)年に発足した探偵作家クラブ(現在の日本推理作家協会)の機関紙。「探偵実話『練絲痕』に就いて」の註で「朝山」とあるのは、会報の編集担当だった探偵作家・朝山蜻一のことである。

「鬼」は探偵作家の同人グループ・鬼クラブによる同人誌。山田風太郎は高木彬光らとともにクラブの中心的存在であり、ほとんど毎号にエッセイを寄稿している。五〇年には「探偵作家クラブ会報」と「鬼」の両方に「双頭人の言葉」と題したエッセイを発表しているが、内容が違うため本書では便宜上、タイトルにⅠ、Ⅱとつけて区別を図った。

「合作第一報」で予告されているのはミステリ長篇『悪霊の群』。「高木彬光論」の冒頭で名前の出る白石氏は同クラブのまとめ役だった評論家の白石潔のこと。「シャーロック・ホームズ氏と夏目漱石氏」で、その白石氏が喜んだというエッセイは、「宝石」(52年7月号)に発表された「半七捕物帳を捕る」(『半身棺桶』所収)。ホームズと漱石の同時代性に着目して描かれたのが、傑作短篇「黄色い下宿人」(「宝石」53年12月号)である。

第二部は「自作の周辺」と題して、作品に関係のあるエッセイをまとめてみた。「奇小説に関する駄弁」は「男性週期律」が再録された際に書かれた文章。「離れ切支丹」で紹介されている史料は、「山屋敷秘図」(「面白倶楽部」50年11月号)をはじめとしたキリシタンもので、ファンにはおなじみであろう。「私にとっての『魔界転生』」は、とみ新蔵の劇画版『魔界転生』の単行本に付されたもの。文体から見て明らかに山田風太郎の自筆ではなく、インタビューを元にして書かれたものと思われるが、貴重な資料なのでそのまま収録した。

第三部「探偵作家の横顔」には、江戸川乱歩を筆頭に、横溝正史、角田喜久雄、高木彬光、島田一男といった探偵作家たちについてのエッセイを集めてみた。

「神魔のわざ」は『八犬伝』の挿絵をまとめた「別冊太陽」の宮田雅之追悼特集に掲載されたもので、再録と書かれているが、初出の調べがつかなかった。阿佐田哲也（色川武大）は探偵作家ではないが、昭和二十年代、「探偵倶楽部」編集部で風太郎の担当をしていた縁で、この項目に収めている。「雀聖枯野抄」は初出では「追悼・無頼の人　色川武大」の角書きがあった。筒井康隆についての文章「最高級パロディ精神」は、前述「私にとっての『魔界転生』」同様、風太郎の談話を別人がまとめたものと思われる。

第四部には講談社版『山田風太郎全集』の月報に連載された自伝エッセイ「風眼帖」を収めた。前述の『BRUTUS図書館　風太郎千年史』にも再録されているが、一部を編集して割愛しているため、全篇が単行本化されるのは今回が初めてということになる。

本シリーズの編集に当たっては、啓子夫人のご厚意により風太郎が作成したスクラップブック「風眼帖」十数冊をお借りすることが出来た。山田風太郎のデータベースが充実しているストラングル成田氏のサイト「密室系」（http://www2s.biglobe.ne.jp/~s-narita/new/index.htm）の風太郎エッセイリストを参照させていただき、さらに独自の調査で欠けているものを極力補って資料の蒐集に努めた。記して資料ならびに情報をご提供いただいた皆様に感謝する次第である。なお、今日では不適切とされる語句・表現もあるが、著者が故人であることを鑑み原文のままとしたことをご了承いただきたい。

＊ちくま文庫版では刊行順が前後したが、単行本では本書が〈山田風太郎エッセイ集成〉シリーズの一巻目であった。

本書のなかには今日の人権感覚に照らして不適切と思われる語句がありますが、差別を意図して用いているのではなく、また時代背景や作品の価値、作者が故人であることなどを考え、原文通りとしました。

本書は二〇〇七年七月、筑摩書房より刊行された。

**秀吉はいつ知ったか**　山田風太郎

中国大返しに潜む秀吉の情報網と権謀を推理する「秀吉はいつ知ったか」他「歴史」をテーマにした文章を中心に選んだ奇想の裏側が窺えるエッセイ集。

**昭和前期の青春**　山田風太郎

名著『戦中派不戦日記』の著者が、その生い立ちと青春を時代背景と共につづる。「太平洋戦争私観」「私と昭和」等、著者の原点がわかるエッセイ集。

**戦中派虫けら日記**　山田風太郎

〈嘘はつくまい。嘘の日記は無意味である〉。戦時下、明日の希望もなく、心身ともに飢餓状態にあった若き風太郎の心の叫び。（久世光彦）

**同日同刻**　山田風太郎

太平洋戦争中、人々は何を考えどう行動していたのか。敵味方の指導者、軍人、兵士、民衆の姿を膨大な資料を基に再現。（高井有一）

**旅人　国定龍次（上）**　山田風太郎

ひょんなことから父親が国定忠治だと知った龍次は、渡世人修行に出る。新門辰五郎、黒駒の勝蔵らに仁義を切るが……。形見の長脇差がキラリとひかる。

**旅人　国定龍次（下）**　山田風太郎

「ええじゃないか」の歌と共に、相楽総三、西郷隆盛、岩倉具視らの倒幕の戦いは進み、翻弄される龍次。侠客から見た幕末維新の群像。（縄田一男）

**修羅維新牢**　山田風太郎

薩摩兵が暗殺されたら、一人につき、罪なき江戸の旗本十人を斬る！　明治元年、江戸。官軍の復讐の餌食となった侍たちの運命。（中島河太郎）

**魔群の通過**　山田風太郎

幕末、内戦の末に賊軍の汚名を着せられた水戸天狗党の戦い。その悲劇的顛末を全篇一人称の語りで描いた傑作長篇小説。（中島河太郎）

**山田風太郎明治小説全集1　警視庁草紙（上）**　山田風太郎

新生警視庁と、消えゆく奉行所の面々の知恵くらべ。川路利良、駒井相模守、大久保利通、三遊亭円朝らを巻き込んで奇怪な事件は、謎を生む。

**山田風太郎明治小説全集2　警視庁草紙（下）**　山田風太郎

近代化を押し進める川路、影の御隠居駒井相模守。明暗を分ける時代の流れ。華やかな明治の舞台裏に流れる去りゆく者たちの悲哀。（和田忠彦）

山田風太郎明治小説全集3
幻燈辻馬車（上）
山田風太郎

隣に孫娘を乗せ、辻馬車を操る干兵衛が不意に姿を表わすとき、何かが起こる。薩長の大物、自由党の壮士、川上音次郎、そして二人の幽霊が……。

山田風太郎明治小説全集4
幻燈辻馬車（下）
山田風太郎

先のない壮士の運命。自由党の活動に深入りしていく干兵衛と暗躍する三島通庸。虚実入り乱れる異次元の歴史。他に短篇三作併収。（鹿島茂）

山田風太郎明治小説全集5
地の果ての獄（上）
山田風太郎

明治半ば、看守として北海道・樺戸集治監に赴任した有馬四郎助を待っていたのは？ 凶悪犯と政治犯、次々と起こる奇怪な事件。謎が謎を生む。

山田風太郎明治小説全集6
地の果ての獄（下）
山田風太郎

教誨師原胤昭、幸田露伴、秩父困民党・加波山事件などの残党、独休庵らがクロスして描き出される明治の暗部。短篇五作併収。（縄田一男）

山田風太郎明治小説全集7
明治断頭台
山田風太郎

役人の汚職を調べ糾弾する太政官弾正台の大巡察香月経四郎と川路利良。二人は新政府の黒い霧を暴きギロチンで処刑するが……。（日下三蔵）

山田風太郎明治小説全集8
エドの舞踏会
山田風太郎

混血児を生む妻、夫の前で馬丁と姦通しようとする妻……。森有礼、黒田清隆、井上馨ら高官の家庭の内情と妻たちの数奇な運命。（田中優子）

山田風太郎明治小説全集9
明治波濤歌（上）
山田風太郎

自由民権運動に燃える北村透谷らの若き日々（風の中の蝶）、美登利を人買いから救出しようとする一葉と涙香（からゆき草紙）など三篇収録。

山田風太郎明治小説全集10
明治波濤歌（下）
山田風太郎

パリ視察中の川路らを巻き込んだ元芸者殺人事件（巴里に雪のふるごとく）、貞奴に恋をした野口英世（横浜オッペケペ）など三篇収録。（関川夏央）

山田風太郎明治小説全集11
ラスプーチンが来た
山田風太郎

怪男児明石元二郎と、大津事件を画策（?）した妖僧ラスプーチンの対決。二葉亭四迷、チェホフまで巻き込む驚くべき事件。（津野海太郎）

山田風太郎明治小説全集12
明治バベルの塔
山田風太郎

万朝報の売上を伸ばすため、涙香の考えたクイズとは？ 表題作他三篇の短篇集と暗黒の巨魁星亭を描いた「明治暗黒星」を収める。（橋本治）

**山田風太郎明治小説全集13 明治十手架（上）**　山田風太郎

石川牢獄島で見た光景はまさに地獄絵だった。美しき姉妹の助けで、〝出獄人保護〟の仕事をはじめた原胤昭の前に残酷非情の看守と巡査が……。

**山田風太郎明治小説全集14 明治十手架（下）**　山田風太郎

折れて十字になった十手をかざして熱血漢胤昭は悪に挑むが、捕われ牢獄島へ……。「明治かげろう俥」「黄色い下宿人」併収。（清水義範）

**60年代日本SFベスト集成**　筒井康隆編

「日本SF初期傑作集」とでも副題をつけるべき作品集である（編者）。二十世紀日本文学のひとつの里程標となる歴史的アンソロジー。（大森望）

**70年代日本SFベスト集成1**　筒井康隆編

日本SFの黄金期の傑作を、同時代にセレクトした記念碑的アンソロジー。SFに留まらず「文学の新しい可能性」を切り開いた作品群。（荒巻義雄）

**70年代日本SFベスト集成2**　筒井康隆編

星新一、小松左京の巨匠から、編者の「おれに関する噂」、松本零士のセクシー美女登場作まで、長篇なみの濃さをもった傑作群が並ぶ。（山田正紀）

**70年代日本SFベスト集成3**　筒井康隆編

「日本SFの滲透と拡散が始まった年」である1973年の傑作群。デビュー間もない諸星大二郎の「不安の立像」など名品が並ぶ。（佐々木敦）

**70年代日本SFベスト集成4**　筒井康隆編

「1970年代の日本SF史としての意味も持たせたいというのが編者の念願である」――同人誌投稿作から巨匠までを揃えるシリーズ第4弾。（堀晃）

**70年代日本SFベスト集成5**　筒井康隆編

最前線の作家であり希代のアンソロジスト筒井康隆が日本SFの凄さを凝縮して示したシリーズ最終巻。全巻読めばあの時代が追体験できる。（豊田有恒）

**異形の白昼**　筒井康隆編

様々な種類の「恐怖」を小説ならではの技巧で追求した戦慄すべき名篇たちを収める。わが国のアンソロジー文学史に画期をなす一冊。（東雅夫）

**文豪怪談傑作選 吉屋信子集**　吉屋信子　東雅夫編

少女小説の大家は怪奇幻想短篇小説の名手でもあった。闇に翻弄される人の心理を鮮やかに美しく描きだす異色の怪談集。文庫未収録を多数収録。

文豪怪談傑作選
## 柳田國男集
柳田國男　東雅夫編

日本にはかつてたくさんの妖怪が生きていた。各地に伝わる怪しの者たちの痕跡を丹念にたどった柳田民俗学のエッセンスを1冊に。遠野物語ほか。

文豪怪談傑作選
## 三島由紀夫集
三島由紀夫　東雅夫編

川端康成を師と仰ぎ澁澤龍彥や中井英夫の「兄貴分」であった三島の、怪奇幻想作品集成。「英霊の聲」ほか怪談入門に必読の批評エッセイも収録。

文豪怪談傑作選
## 室生犀星集
室生犀星　東雅夫編

失った幼子への想い、妻への鬱屈した思い、幻惑される都市の暗闇……すべてが幻想恐怖譚に結実する。身震いするほどの名作を集めた珠玉の一冊。

文豪怪談傑作選・特別篇
## 鏡花百物語集
泉鏡花　東雅夫編

大正年間、泉鏡花肝煎りで名だたる文人が集まって行われた怪談会。都新聞で人々の耳目を集めた怪談会の記録と、そこから生まれた作品を一冊に。

文豪怪談傑作選
## 太宰治集
太宰治　東雅夫編

祖母の影響で子供の頃から怪談好きだった太宰治。表題作「哀蚊」や「魚服記」はじめ、本当は恐ろしい幽暗な神髄を一冊にまとめる。

文豪怪談傑作選
## 折口信夫集
折口信夫　東雅夫編

神と死者の声をひたすら聞き続けた折口信夫の怪談アンソロジー。物怪たちが跋扈活躍する「稲生物怪録」を皮切りに日本の根の國からの声が集結。

文豪怪談傑作選
## 芥川龍之介集
芥川龍之介　東雅夫編

和漢洋の古典教養を背景にした芥川の怪談は、まさに文豪の名に相応しい名作揃い。江戸両国ものを中心にマニア垂涎の断章も網羅した一巻本。

文豪怪談傑作選
## 幸田露伴集
幸田露伴　東雅夫編

鏡花と双璧をなす幻想文学の大家露伴。神仙思想に通じ男性的な筆致で描かれる奇想天外な物語は圧巻。澁澤、種村の心酔した世界を一冊に纏める。

文豪怪談傑作選・明治篇
## 夢魔は蠢く
東雅夫編

近代文学の曙、文豪たちは怪談に惹かれた。夏目漱石「夢十夜」はじめ、正岡子規、小泉八雲、水野葉舟らが文学の極北を求めて描いた傑作短篇を集める。

文豪怪談傑作選・大正篇
## 妖魅は戯る
東雅夫編

文化の華開いた時代、文豪たちは怪奇な夢を見た。鈴木三重吉、中勘助、内田百閒、寺田寅彦、そして志賀直哉。人智の裏、自然の恐怖と美を描く。

文豪怪談傑作選・昭和篇
女霊は誘う
東雅夫編
戦争へと駆け抜けていく時代に華開いた頽廃の香り漂う名作怪談。永井荷風、豊島与志雄、伊藤整、久生十蘭、原民喜。文豪たちの魂の叫びが結実する。

文豪怪談傑作選・特別篇
文藝怪談実話
東雅夫編
日本文学史を彩る古今の文豪、彼らと親しく交流した芸術家や学究たちが書き残した慄然たる超常現象記録を集大成。岡本綺堂から水木しげるまで。

柳花叢書
山海評判記／オシラ神の話
泉鏡花／柳田國男
東雅夫編
泉鏡花の気宇壮大にして謎めいた長篇傑作とそのアイディアの元となった柳田國男のオシラ神研究論考を網羅して一冊に。小村雪岱の挿絵が花を添える。

柳花叢書
河童のお弟子
泉鏡花／柳田國男／芥川龍之介
東雅夫編
大正・昭和の怪談シーンを牽引し、「おばけずき」師弟でもあった鏡花・柳田・芥川。それぞれの〈河童〉作品を集めた前代未聞のアンソロジー。

日本幻想文学大全
幻妖の水脈
東雅夫編
『源氏物語』から小泉八雲、泉鏡花、江戸川乱歩、都筑道夫……。妖しさ蠢く日本幻想文学、ボリューム満点のオールタイムベスト。

日本幻想文学大全
幻視の系譜
東雅夫編
世阿弥の謡曲から、小川未明、夢野久作、宮沢賢治、中島敦、吉村昭……。幻視の閃きに満ちた日本幻想文学の逸品を集めたベスト・オブ・ベスト。

日本幻想文学大全
日本幻想文学事典
東雅夫
日本の怪奇幻想文学を代表する作家と主要な作品を、第一人者の解説と共に網羅する空前のレファレンス・ブック。初心者からマニアまで必携！

名短篇、ここにあり
北村薫／宮部みゆき編
読み巧者の二人の議論沸騰し、選びぬかれたお薦め小説12篇。となりの宇宙人／冷たい仕事／隠し芸の男／少女架刑／あしたの夕刊／網／誤訳ほか。

名短篇、さらにあり
北村薫／宮部みゆき編
小説って、やっぱり面白い。人間の愚かさ、不気味さ、人情が詰まった奇妙な12篇。華燭／骨／雲の小径／押入の中の鏡花先生／不動図／鬼火／家霊ほか。

とっておき名短篇
北村薫／宮部みゆき編
「しかし、よく書いたよね、こんなものを……」北村薫を唸らせた、とっておきの名短篇。愛の暴走族／運命の恋人／絢爛の椅子／悪魔／異形ほか。

**名短篇ほりだしもの**　北村薫・宮部みゆき編

「過呼吸になりそうなほど怖かった!」宮部みゆきを震わせた、ほりだしものの名短篇。だめに向かって／三人のウルトラマダム／少年／穴の底ほか。

**読んで、「半七」!**　岡本綺堂　北村薫／宮部みゆき編

半七捕物帳には目がない二人の選んだ傑作23篇を二分冊で。「半七」のおいしいところをぎゅぎゅっと凝縮!　お文の魂／石燈籠／勘平の死／ほか。

**謎の部屋**　北村薫編

不可思議な異世界へ誘う作品から本格ミステリまで、「豚の島の女王」「猫じゃ猫じゃ」「小鳥の歌声」など17篇。宮部みゆき氏との対談付。

**こわい部屋**　北村薫編

思わず叫び出したくなる恐怖から、鳥肌のたつ恐怖まで。「七階」「ナツメグの味」「夏と花火と私の死体」など18篇。宮部みゆき氏との対談付。

**読まずにいられぬ名短篇**　北村薫・宮部みゆき編

松本清張のミステリを倉本聰が時代劇に!?　あの作家の知られざる逸品からオチの読めない怪作まで厳選の18作。北村・宮部の解説対談付き。

**教えたくなる名短篇**　北村薫・宮部みゆき編

宮部みゆきを驚嘆させた、時代に埋もれた名作家・長谷川修の世界とは?　人生の悲喜こもごもが詰まった珠玉の13作。北村・宮部の解説対談付き。

巨匠たちの想像力〔戦時体制〕
**あしたは戦争**　企画協力・日本SF作家クラブ

小松左京、星新一、手塚治虫…、昭和のSF作家たちが描いた未来社会。民族紛争・管理社会など、私たちへの警告があった!　(斎藤美奈子)

巨匠たちの想像力〔文明崩壊〕
**たそがれゆく未来**　企画協力・日本SF作家クラブ

小松左京「カマガサキ二〇一三年」、水木しげる「宇宙虫」、安部公房「鉛の卵」、倉橋由美子「合成美女」、筒井康隆「下の世界」ほか14作品。　(盛田隆二)

巨匠たちの想像力〔管理社会〕
**暴走する正義**　企画協力・日本SF作家クラブ

星新一「処刑」、小松左京「戦争はなかった」、水木しげる「こどもの国」、安部公房「闖入者」、筒井康隆「公共伏魔殿」ほか九作品を収録。　(真山仁)

**幕末維新のこと**　司馬遼太郎　関川夏央編

「幕末」について司馬さんが考えて、書いて、語ったことの真髄を一冊に。小説以外の文章・対談・講演から、激動の時代をとらえた19篇を収録。

ちくま文庫

# わが推理小説零年《すいりしょうせつぜろねん》

二〇一六年五月十日　第一刷発行

著　者　山田風太郎（やまだ・ふうたろう）
発行者　山野浩一
発行所　株式会社　筑摩書房
東京都台東区蔵前二―五―三　〒一一一―八七五五
振替〇〇一六〇―八―四一二三

装幀者　安野光雅
印刷所　株式会社精興社
製本所　株式会社積信堂

乱丁・落丁本の場合は、左記宛にご送付下さい。
送料小社負担でお取り替えいたします。
ご注文・お問い合わせも左記へお願いします。
筑摩書房サービスセンター
埼玉県さいたま市北区櫛引町二―六〇四　〒三三一―八五〇七
電話番号　〇四八―六五一―〇〇五三

ISBN978-4-480-43356-5 C0195